여섯 번째 살인

누군가 없어졌으면 하고 생각한 적이 있다

여섯
번째
살인

한성규 장편 추리소설

맑은샘

7명의 남녀가 라오스라는 최빈국에 해외봉사단원으로 떠난다.

현지에서 67세의 봉사단원 최영근 씨가 살해당하는 사건이 벌어지고…

최영근 씨 살인사건은 한국국제협력단(코이카)와 현지 대사관이 라오스 경찰과 접촉한 후 자살로 급히 마무리된다.

남은 여섯 명의 동료 봉사단원들은 최영근 씨 사망사건 후 전원 한국으로 귀국하고, 하나같이 외상 후 스트레스 증후군을 겪는다.

토익, 자격증, 스펙, 어느 거 하나 내세울 게 없는 지잡대 여대생인 블로그 기자 우루리가 거대 정부기관에 얽힌 살인사건을 파헤치는 미스터리 추리소설.

소설은 어떤 상황에까지 처해야 타인을 살해할 수 있는가? 누가 없어졌으면 하고 생각한 적이 있다면 우리는 모두 잠재적 살인자라는 질문을 던진다.

…누군가 없어졌으면 하고 생각한 적이 있다…

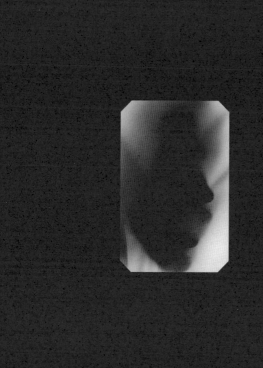

사람의 목숨 하나가
사라진 거에 대한
처리라고 생각하면
너무나 신속하고 간단했다

라오스 비엔티안에서 한국국제봉사단의 봉사단원인 67세 최영근 씨가 살해당했다. 라오스 경찰의 당초 현지 사건 조사 결과는 현지인에 의한 타살이었다. 그랬던 것이 국제봉사단과 대사관에서 현지 경찰과 접촉 후 최종결론은 자살로 바뀌었다. 타살이라는 현지 경찰의 초동수사 결과가 갑자기 자살로 바뀌었다는 점, 라오스 현지 파견 후 2개월도 안 된 시점에서 봉사단원이 사망한 점, 최영근 씨가 국내 교육기간부터 출국 날까지도 유쾌한 모습으로 떠났다는 점, 그리고 무엇보다 최영근 씨와 40년을 함께 지낸 부인의 말에 따르면 최영근 씨는 절대로 자살 같은 것을 하지 않을 사람이었다는 점 등 의문은 한둘이 아니었다. 무엇보다도 최영근 씨와 함께 라오스로 떠났던 여섯 명의 동료 봉사단원들이 하나같이 외상 후 스트레스 장애 즉, PTSD를 겪고 있다는 점이 가장 의문스러운 점이었다.

내 이름은 우루리, 대학교 4학년 지잡대 여대생이다. 토익점수, 스팩, 자격증 등등 아무것도 이뤄놓은 게 없는 내 대학생활 중에 유일하게 갈고닦은 능력은 취재력이다. 내가 내세울 대외활동은 단 하나다. 경기도 변두리 대학교 신문방송학과 졸업장을 가지고 세상에 나갈 내가 자랑할 유일한 경력은 국제봉사단 블로그 기자경력. 내 대학 4년을 이 활동에 갈아 넣었다. 블로그 기자 지원서에 퓰리처상을 받을 거라는 목표까지 옹골차게 집어넣었다. 블로그 기자 따위가 무슨 퓰리처상이냐는 비아냥거림을 2년간 듣고서도 특종을 잡겠다는 의지의 끈을 놓지 않았다. 모든 사실을 의심하고 사건의 모든 조각을 재조합하여 사건의 진상을 밝혀내는 발군의 탐사 보도 능력이 내 특장점이다.

취재력의 핵심은 사람에 대한 통찰이다. 이 모든 건 초등학교 시절부터 즐겨 본 드라마로부터 배웠다. 우리 집은 맞벌이 가정이었기 때문에 오빠와 나는 항상 집에 남겨졌다. 내가 본 천 편이 넘는 드라마에는 만 명이 넘는 사람들이 나온다. 이 사람들이 내 연구대상이었다. 나는 드라마를 통해 딱 보면 척하고 사람을 파악하는 능력을 키워왔다. 그리고 드디어 내 능력을 발휘할 수 있는 사건이 터졌다. 국제봉사단 들러리면 들러리답게 기관홍보나 하지 무슨 특종이냐고 무시하는 사람들에게 내 기자로서의 역량을 알릴 기회가 온 것이다.

이 사건의 가장 큰 피해자는 우리 오빠였다. 오빠는 국제봉사단 해외인턴에 합격했다고 몇 날 며칠을 기뻐했다. 밥을 먹을 때도 옷을 갈아입을 때도 잠을 잘 때도 앞으로의 계획에 대해서 재잘거렸다. 대학교 졸업 후 삼 년간이나 구직활동을 한 끝에 얻은 첫 직장이라 오빠가 들뜬 것도 무리는 아니었다. 오빠가 취업하는데 삼 년이나 걸린 데는 조금은 특별한 사정이 있다. 우리 오빠가 청각장애인 3급 장애 판정을 받은 건 중학교에 들어가서였다. 그때까지만 해도 우리는 오빠의 귀가 좀 안 좋다고만 생각했다. 오빠의 귀가 우리와 다를 수도 있다는 걸 알게 된 것은 오빠가 초등학교 1학년 때쯤이었다.

평상시 마주 보고 대화할 때는 눈치를 채지 못했지만, 전화벨 소리나 동물들 소리, 사람들이 뒤에서 부르는 소리를 못 듣는다는 점이 항상 이상했다. 장애가 있다는 것을 알고 난 후부터 오빠는 보청기라는 것을 양쪽 귀에 끼고 다녔다. 오빠가 학교에서 놀림을 당하기 시작한 것도 그때쯤으로 기억한다. 오빠와 같은 학교에 다니는 나까지 귀머거리 동생이라는 별명이 붙자 오빠는 보청기를 숨겨야 했다. 그래서 오빠는 보청기를 감추기 위해 엄마를 졸라 머리를 단발로 기르고 할머니처럼 뽀글이 파마를 했다. 누구보다 착한 우리 오빠는 "항상 장애인은 스스로 불편하지 않아, 같이 사는 사람들이 불편하지." 라며 항상 우리 가족부터 생각하는 사람이었다.

오빠는 늘 발음이 이상했다. 수업시간에 책을 읽으면 아무도 알아듣지 못했다. 그렇지만 우리 오빠는 누구보다 노력하는 사람이었다. 집에서는 항상 볼펜을 물고 입술이 부르트도록 책 읽는 연습을 했다. 오빠는 눈치도 빨랐다. 내 입술만 봐도 내가 무슨 말을 하는지 읽을 수 있었고 심지어 우리가 말하기도 전에 우리가 무슨 말을 할지 알아챌 정도였다.

오빠는 보청기를 좋아하지 않았다. 듣지 않았으면 하는 소리를 듣게 된다고, 그것이 미움이나 괴로움으로 이어진다고 말했다. 병원에서 의사 선생님은 오빠에게 공부할 수 없는 아이라는 판정을 내렸다. 학교도 나와 같은 학교가 아닌 특수학교로 옮겨야 했다. 의사 선생님은 오빠가 공부를 못해도 어쩔 수 없고 공부하는 것을 기대하지 말라고 했다. 하지만 오빠는 끝까지 포기하지 않았다. 장애인 전형이었고, 계약직이었지만 국제봉사단이라는 공공기관에 당당하게 취직했다. 아빠는 오빠가 취직했다는 사실을, 그것도 첫 근무지가 외국이라는 사실을 자랑스러워했다. 같이 공장을 다니는 직장동료부터 초등학교 동창 친구들까지 불러내 일주일 내내 술을 샀다. 엄마는 아빠와는 달리 걱정이 많았다. 근무지가 자신의 눈길이 미치지 않는 외국이라는 사실이 마음에 걸렸고, 인턴인데 라오스 해외봉사단원들의 안전을 담당하게 된다는 사실을 마음에 걸렸다. 엄마의 걱정은 현실이 되었고 오빠는 인턴으로 국제봉사단에 취업한 지 삼 개월도 안 된 시점에 최영근 씨의 죽음을 책임지고 잘렸다. 이상한 점은 집에 돌아온 후에 오빠는 말이 없어졌다는 점이다. 듣지 못한다고 말까지 못 하는 것은 아니다. 어릴 때부터 말이 많아 손으로 입을 틀어막아야만 말을 멈추던 오빠는 그 일이 있고 난 후 사람과의 접촉을 일체 피했다. 오빠는 라오스에서 있었던 일을 한마디도 해주지 않았다.

최영근 씨의 장례 절차는 신속히 진행되었다. 모든 절차는 4일 만에 끝나버렸다. 가족과의 협의를 거쳤다는 걸 특히 강조했다. 최영근 씨가 사망한 그다음 날인 1월 11일에 시체는 한국으로 이송이 되었고 12일~14일까지 삼일장으로 치렀으며 고인은 14일 경기도 고양시에 있는 연화추모공원에 안장되었다. 국제봉사단은 사망자 처리에 관한 제반 비용을 모두 지원했다. 국제봉사단 본부 추모비에 최영근 씨의 이름을 새겨 넣었고 해외봉사자 국내교육이 진행되는 영월교육원의 추모공원에서 고인의 사진과 이름을 새기는 동판설치행사가 진행되었다.

모든 행사는 단출하고도 신속했다. 사람의 목숨 하나가 사라진 거에 대한 처리라고 생각하면 너무나 신속하고 간단했다. 최영근 씨의 사망 후 같이 떠났던 여섯 명의 봉사단원 모두는 사고 후 외상스트레스 장애 신청을 했다. 여섯 명 모두는 장례 절차가 끝난 바로 다음 날인 15일, 국제봉사단 지정병원에서 집중 상담 치료를 받았다. 나는 이 모든 것이 미리 계획된 것 같은 이상한 느낌이 들었다. 모든 뒤처리가 너무 자연스럽고 빠르게 진행되었다. 국제봉사단 블로그 기자인 나는 최영근 씨 자살 사건의 진상을 밝히기 위해 취재를 시작했다.

국제봉사단 홍보팀에 최영근 씨 사건 취재를 할 거라고 말하자마자 욕을 먹었다. 블로그 기자는 기관 홍보가 목적인데 이게 무슨 짓이냐며 홍보 팀장님은 방방 뛰었다. 국제봉사단 블로그에 올리지 못하면 내 개인 블로그에라도 사건의 진상을 밝히리라, 나는 어금니를 꽉 깨물었다. 나는 내 유일한 스펙인 4년간의 블로그 기자 생활 모든 것을 걸고 최영근 씨 사망사건 취재를 시작했다.

사건의 기본은 현장이다. 모든 수사범죄 드라마에서 강조하는 지식이다. 내 평생 처음 작성해보는 범죄기사였다. 나는 철저하게 드라마에서 배운 최첨단 범죄수사기법을 따랐다. 내가 배운 가장 중요한 규칙은 현장을 철저하게 분석해야 한다는 것이다. 나는 한 달간의 편의점 야간 알바를 무사히 마치고 경비를 마련해 라오스로 떠났다. 하지만 현장 조사 첫날부터 쉽지 않았다.

철저한 인터넷 검색을 마치고 라오스 입국을 시도했다. 라오스는 무비자 입국이 가능한 나라로 그냥 공항에 도착하면 비자가 나온다고 분명히 블로그에 나와 있었다. 입국심사서만 작성하면 비자가 나오는 거였는데 출입국직원이랑 시비가 붙어 조사까지 받았다. 유튜

브를 활용해 예상 질의응답 시뮬레이션까지 돌려봐야 했는데, 내가 너무 안일했다.

블로그에서 본 대로 여권번호, 여권만기일, 방문목적 같은 걸 다 잘 적고 비자 나오기만 기다리고 있었다. 그런데 이놈의 출입국 공무원이 계속 내 여권은 안 돌려주고 입국신고서를 팔랑거리며 뭔가 지껄였다. 나도 짜증이 나서 와이? 와이? 이러면서 대들었다. 개도 영어를 잘못하고 나도 영어를 잘못해서 서로 손가락질하면서 죄 없는 입국신고서만 몇 번씩이나 주고받았다. 한 다섯 번이나 입국신고서를 돌려받다가 든 생각이, 아. 여기 공산국가지 하는 생각이었다. 뇌물이었다.

그래서 씨익 웃어주고, 좀 아까웠지만 지갑에서 10달러짜리 지폐를 꺼내서 입국신고서를 반으로 접어 그 안에 슬그머니 끼워놓고 다시 건네주었다. 그러자 이 직원이 갑자기 무슨 비상벨 같은 걸 눌렀고 저쪽에서 경찰 제복 입은 남자 두 명이 오더니 나를 구석에 있는 방으로 끌고 갔다.

'너무 적었나? 자존심 상했나? 아씨. 100달러는 넣었어야 하는 건데.'

모든 것이 회색으로 뒤덮인 조사실은 컴퓨터 한 대와 하얀 거미줄에 뒤덮여 있는 선풍기가 한 대 있었는데 진짜 지독하게 더웠다. 공항 전체가 에어컨 설비가 없어서 엄청나게 더웠는데 그 방은 외부와 공기가 안 통하는지 진짜 건식 사우나에 들어간 거 같았다. 숨이 턱턱 막혔다. 키가 크고 배가 엄청나게 볼록 튀어나온 아저씨가 의자에 앉더니 나보고 자기 앞에 앉으라고 손짓했다. 나는 그때까지도 겁이 나서 문 옆에 서 있었다. 아저씨가 귀찮다는 듯이 빨리 앉으라는 신호를 보내서 나는 두 다리를 모아서 다소곳이 앉았다. 꿇어앉을까 잠시 고민했지만, 나에게도 자존심이라는 게 있었다.

"여기 봐. 여기 봐."

그 라오스 아저씨는 놀랍게도 한국어를 했다. 내가 반가운 마음에 "어휴, 여기서 한국어 하는 사람을 만나서 얼마나 다행인지 몰라요. 진짜 아까는 겁나서 죽을 뻔했어요. 근데 여기는 또 왜 이렇게 더워요. 선풍기 안 돼요?" 등등을 말했는데 그 아저씨는 눈을 동그랗게 해서 "여기 봐."라는 말만 다양한 억양으로 연발했다. 불행히도 그 아저씨가 아는 한국어는 '여기 봐.' 한마디뿐인 거 같았다.

아저씨가 보라는 곳을 자세히 보니 내 생년월일이 1999년이 아니라 1899년으로 되어 있었다. 9가 세 개나 있어서 동그라미를 돌리다가 하나 더 돌려버린 모양이었다. 내가 1999로 다시 쓰자 이 배 나온 아저씨는 손짓, 발짓 다 동원해서 나를 놀리기 시작했다. 어린 여자라고 만만하게 보는 모양이었다. 1899 숫자를 가리키더니 죽는 시늉을 하고 1999라는 숫자를 가리키고는 자기 얼굴을 두 손바닥을 펼치더니 살포시 감쌌다. 그러고 나서 서서히 손바닥을 벌리고 얼굴을 보여주면서 무슨 꽃이 피어나는 것 같은 제스처를 취하고 아주 난리도 아니었다. 한국이었으면 미투나 성인지 감수성 같은 걸로 고소해버리는 건데 영어도 못 하고 라오스어는 더더욱 못해서 그냥 참았다. 나에게는 더 중요한 임무가 있었기 때문이다.

국제봉사단 봉사단원들이 살았던 빌라는 라오스 수도 비엔티엔의 외곽에 있었다. 관광지와는 아주 먼 거리에 있어서 외국사람이라고는 한 명도 찾아볼 수 없었다. 박물관이나 대통령궁 같은 관광지에서 차를 타고도 30분이나 떨어진 거리에 있었다. 먼지가 풀풀 날리는 시골길을 한참 달린 후 우물을 건너간 한적한 곳에 빌라가 있었다. 그 옆에는 건물공사가 진행되다 말았는지 건물 안이 다 보이는 5층짜리 건물이 하나 버려져 있었다. 건물 반쪽만 폭탄을 맞은 것 같은 모습이었다. 아래위로 반이 아닌 좌우로 반만 짓다 만 흉측한 모습의 건물이었다. 그래서 국제봉사단 숙소 쪽에서 그 건물 안의 모습을 1층부터 5층까지 훤히 내다볼 수 있었다. 그 기괴한 건물 부지 전체에 경찰 바리케이드 같은 것이 쳐져 있어서 더 위험한 냄새를 풍겼다.

그 건물을 뒤로한 채 제일 먼저 최영근 씨가 살았던 빌라에 들어갔다. 나는 순간적으로 기지를 발휘했다. 1층에 있는 경비아저씨에게

이 집을 보러 온 손님이라고 스마트폰으로 번역한 라오스어 문장을 보여줬다. 빌라의 관리인으로 보이는 사람이 5분 만에 오토바이를 타고 나타났다. 그 사람은 진짜 말이 엄청나게 많은 남자였는데 자기도 스마트폰을 꺼내서 번역하며 열심히 영업했다. 그 빌라에 입주했던 사람들이 한꺼번에 다 나가버려서 자기도 마침 입주민을 구하는 데 애먹고 있다는 요지였다. 5층 건물인 그 빌라 주인은 지역의 유지인 듯했고, 라오스 빌라 관리인은 입주자 관리에다가 공인중개사 역까지 맡아서 하는 모양이었다. 내가 왜 한꺼번에 사람들이 다 나갔냐고 물었지만 정확하게 대답해 주지 않았다. 그냥 그럴 일이 있었다고 애매하게 답변해 주었다.

나는 먼저 최영근 씨가 살았던 빌라를 탐색했다. 최영근 씨가 혼자 머물렀다는 빌라는 나중에 보았던 다른 빌라와 마찬가지로 방 두 개와 주방 겸 거실이 하나 있는 구조였다. 두 개 중에 상대적으로 큰방에 들어간 순간 나는 깜짝 놀라 뒷걸음쳤다. 방문을 열자마자 커다란 코끼리 머리가 나를 노려보고 있었기 때문이다. 빌라 관리인은 예전부터 장식되어 있던 조각상이라 치우지 않았고 코끼리는 라오스에서 특별한 위치를 차지하는 동물이라고 번역기를 돌려 설명해주었다. 코끼리는 라오스에서 신령한 동물로 삼라만상을 모두 살핀다고 했다. 집안에 두면 집안에서 발생하는 모든 일을 보고 굽어살핀다고 했다. 그 말을 듣고 나니 반짝거리는 코끼리의 눈이 나를 계속해서 쳐다보고 있는 것 같아 왠지 찜찜한 기분이 들었다.

방마다 화장실이 있었고 공용 공간으로 거실과 주방은 붙어 있었다. 밖으로 난 작은 발코니 하나가 인상 깊었는데 발코니에 나가보니 조금 전에 보았던 그 흉측한 건물이 훤히 보였다. 옆 빌라 발코니와도 연결되어 있었는데 옆 빌라 발코니에 있는 사람과 대화가 가능함은 물론 좀 용기만 내면 충분히 넘어갈 수도 있는 거리였다. 불이 나거나 하는 특수한 상황에서는 넘어갈 법도 했다. 다른 단원인 김지은 씨와 김하나 씨의 빌라가 최영근 씨의 빌라 오른쪽 옆에 붙어 있었다. 김은우 씨와 허우덕 씨의 빌라는 최영근 씨의 빌라 왼쪽 옆에 붙어 있었고 다른 여자 단원인 하예신 씨와 오미령 씨의 빌라는 4층에 있었다. 최영근 씨의 빌라 발코니와 바로 연결된 방은 김은우 씨의 방이었다. 여자단원의 방 중에서는 김하나 씨의 방이 최영근 씨의 빌라와 바로 붙어 있었다. 빌라의 구조는 다 비슷했다.

나는 고맙다는 인사를 남기고 자리를 떴다. 빌라 관리인은 입주하려는 사람이 그렇게나 없는지 내가 나가려는 데도 끝까지 따라와서 가격 흥정을 시작했다. 처음에는 한 달에 550불이라던 월세가 2층으로 내려가면서는 500불로, 현관에서는 400불로, 아예 밖으로 나오자 마지막 가격이라며 300불까지 떨어졌다. 어떻게든 나를 최영근 씨가 죽은 빌라에 살게 하려는 관리인을 뿌리치고 도망치듯이 나왔다. 빌라 바로 옆에는 반만 지어놓은 건물이 을씨년스럽게 서 있었다. 반라의 건물은 오후 라오스의 뜨거운 열기를 온몸으로 받아들이고 있었다.

⋮

'하예신'

내가 한국에 돌아와 첫 번째로 찾은 봉사단원은 하예신 씨였다. 내 사전조사에 따르면 하예신 씨는 음악 상담치료를 하는 사람이었다. 대학에서는 성악을 전공했고 대학원으로 진학하면서 음악치료로 전공을 바꾸었다. 유튜브에서 찾은 하예신 씨의 모습은 단아하고도 아름다웠다. 사람들 앞에 많이 서 본 사람답게 자신의 이미지를 만드는 법에도 능숙한 것 같았다. 내가 듣기로는 여섯 명 다 정신과 상담을 받아야 할 상태라고 했는데 귀국 후 바로 일을 시작했다는 점이 이상했다. 하예신 씨는 다른 사람을 상담해주고 오는 길이었다.

일곱 명의 봉사단원이 라오스로 떠났다. 다니던 직장을 그만두고 학교에 다니는 학생들은 휴학하고 파견을 갔다. 최영근 씨만 관에 실려 온 게 아니라 나머지 여섯 명의 봉사단원들도 최영근 씨가 죽은 뒤 전원 한국으로 돌아왔다. 도대체 라오스에서 무슨 일이 있었기에 전원 2년으로 예정된 봉사를 포기하고 귀국한 것일까.

"아, 죄송해요. 계속 연락해주셨는데. 제가 바빠서요. 요즘 스케줄이 진짜 많아서."

"아, 네. 제가 죄송하죠. 바쁘신데 만나자고 해서. 그런데 무슨 일, 하세요?"

"뭐 크게 중요한 일은 아니고요. 마음을 다치거나 그런 분들 치료하는 일을 해요. 마음 교정이라고나 할까요?"

하예신 씨는 말 한마디 한마디를 끝낼 때마다 내 눈을 쳐다보고는 웃음을 지었다. 동그란 눈에 새까만 눈동자가 들어있어 새끼 사슴을 연상시켰다.

"와, 멋진 일이네요."

"아니에요, 꼭 그렇지도 않아요. 사람들의 나쁜 면도 많이 보고 그래요."

"정말이요?"

"네. 누구나 악마를 가지고 있죠. 그걸 숨기고 살아갈 뿐이에요."

"그런 거 같아요. 근데 사람들 마음에서 악마를 발견하면 어떻게 하시나요?"

"끌어내 줘야죠."

"네?" 나는 의외의 답변에 놀라서 물었다.

"나쁜 면도 그 사람의 일부분이에요. 숨긴다고 해결될 문제가 아니에요."

나는 괜한 질문을 했다 싶어서 다른 말을 시작했다. 하지만 이 대답이 나중에 범인을 찾는데 큰 단서가 될 줄은 그때는 몰랐다.

"네. 감사하게도 사람들이 아직 잊지 않고 찾아주시니까. 제가 이쪽 분야에서 일한 지 오래되다 보니 찾아주시는 분들이 많네요. 근데 참 귀엽게 생겼네요. 아직 대학생이에요?"

"네? 누구요? 저요?"

"네. 이름이 어떻게 되세요?"

"네? 제 이름이요?"

"네."

"우루리라고 하는데."

"와 진짜 이름 예쁘다."

"그래요? 저는 옛날부터 제 이름 좀 마음에 안 들었는데."

"왜요?

"친구들이 우루루 뭐 이렇게 놀리기도 했고."

"친구들 참 짓궂다. 이름 진짜 예쁜데."

"진짜요?"

"네. 루리, 진짜 예쁘지 않아요? 루비나 오로라, 이런 아름다운 보석 같잖아."

"아, 진짜요?"

"네. 진짜. 그리고 성도 얼마나 예뻐."

"그래요? 저 제 성 좋아한 적 한 번도 없는데."

"우아하다 할 때 우잖아요. 우리나 우수 같은 말도 우로 시작하고."

"아. 진짜 그러네요." 나는 하예신 씨의 말을 들으면서 천천히 기분이 좋아지는 것을 느낄 수 있었다.

"아, 그리고 루리 씨, 피부가 완전 살아있네. 화장품 어떤 거 써요?"

"네? 저는 화장품 따로 쓰는 게 없는데."

"와 진짜 피부가 건드리면 물방울처럼 터질 거 같은데."

"근데 예신 선생님 저기 약통 같은 건 뭐에요?"나는 하예신 씨의 가방에 가득히 있는 동그란 통에 관심이 갔다.

"이거요? 아무것도 아니에요." 하예신 씨는 바로 가방을 닫았다.

"약 같은데."

"비타민 보충제에요. 별거 아니긴 한데. 환자들이 상담 후에 비타민 한 알씩 하면 활기도 돌고 좋잖아요."

"상담하시고 비타민을 주세요?"

"네. 그래서 제 상담원들이 자꾸 저만 찾나 봐요."

하예신 씨는 말투도 차분하지만, 말을 할 때마다 기분 좋아지는 예쁜 말을 많이 했다. 또 내가 말을 꺼내기 쉽게 잘 유도했다. 남의 말을 잘 들어주고 반응도 엄청나게 격하게 해서 계속해서 말을 하고 싶어졌다. 사건의 진상을 파악하러 간 내가 오히려 취재의도를 들킨 것 같은 기분이 들었다. 단아한 얼굴에 말투도 물 흐르듯이 부드러웠다.

아침까지만 해도 피부에 뽀루지가 나서 고민했는데 하예신 씨와 30분이나 피부에 대해서 수다를 떨자 뽀루지까지 없어지는 기분이었다. 순식간에 물광이 나는 피부를 가지고 있다고 믿어버리는 기분이 드는 게 신기했다. 남의 말을 들어주고 힘든 사람한테 용기도 주고 하는 게 직업이라 그런 것 같았다.

⋮

'김하나'

김하나 씨는 인천에 있는 술집에서 아르바이트를 하고 있었다. 사장님과 둘이서 한다고 했는데 손님이 없어서인지 혼자 가게를 지키고 있었다.

"뭐 좀 만들어드릴까요?"

"아니, 아니에요."

"손님도 없고 괜찮아요. 제가 금방 뭐 좀 만들어드릴게요."

"아니에요. 그러다 사장님한테 걸리기라도 하면 어쩌려고 그러세요."

"사장님이랑 친해서 괜찮아요. 그리고 사장님은 대부분 다른 가게에 나가계셔서 이 가게는 제가 거의 혼자 봐요. 나중에 정산하실 때 오시니까. 걱정 안 하셔도 돼요."

"아니에요, 제가 죄송해서. 그냥 간단한 거 물어보려고."

김하나 씨는 내 말을 듣지 않고 주방에 들어가더니 지글지글 뭔가를 요리하기 시작했다. 김하나 씨가 일하는 술집은 손님들이 있는 테이블에서 주방이 보이는 오픈키친 형식이었다. 쓱 하는 소리에 섬뜩한 느낌이 들어 쳐다보니 김하나 씨는 허리춤에서 길쭉하고 날이 선 칼을 꺼내 들고 있었다. 탁탁거리며 야채를 썰고 서 있는 김하나 씨는 키가 170 정도에 몸매가 늘씬했다. 긴 생머리를 뒤로 묵고 있는 모습이 나와는 달리 여성미가 물씬 풍겼다. 요리를 준비하는 중간중간 돌아보며 웃는 모습은 그리스 신화 같은데 나오는 여신을 떠올리게 했다. 조그만 얼굴에 코도 오뚝 솟아 있어 이국적인 분위기를 풍겼다. 하얀 피부에 화장도 한 듯 안 한 듯했다. 눈꼬리가 올라가며 웃음 짓는 모습은 여자가 봐도 반할 정도였다.

"시간이 없어서 금방 할 수 있는 거 했어요."

김하나 씨가 가져온 접시에는 야채와 돼지고기가 볶아져 있었다. 간장소스로 볶은 돼지고기와 야채 아래에는 통통한 우동이 살짝 구워져 있었다. 도저히 그 통통한 면발을 입안으로 밀어 넣지 않고는 견딜 수 없는 비쥬얼이었다. 나는 침을 꿀꺽 삼켰다.

"식기 전에 어서 드세요. 야끼우동은 막 했을 때가 제일 맛있어요."

나는 김하나 씨를 방문한 목적을 잊어버리고 야끼우동만 맛있게 얻어먹고 집으로 돌아와 버렸다.

⋮

'오미령'

내가 세 번째로 찾은 봉사단원은 오미령 씨였다. 오미령 씨를 만나려고 아침 일찍 출발해 천안까지 갔다. 마침 PTSD로 정신과 상담을 받고 나오는 오미령 씨를 만날 수 있었다.

"네? 최영근 선생님 사건이요? 저는 잘 몰라요."

오미령 씨는 작고 조그만 몸매에 차분한 인상을 풍기는 사람이었다. 말투도 조곤조곤하고 태도 하나하나가 다 여성스러웠다. 독실한 기독교 신자에 여중, 여고, 여대를 다녀서 그런지 모든 행동과 말투가 조심스럽고 차분했다.

"저 만나기 전에 누구누구 만나고 오셨어요?" 오미령 씨가 물었다.

"하예신 선생님이랑 김하나 선생님이요."

"아휴. 예신이가 얼마나 슬퍼했는데. 아직 마음을 못 추슬렀죠?"

"네? 하예신 선생님이요?"

"예신이가 최영근 선생님 그렇게 되고 몇 날 며칠 동안 잠도 제대로 못 자더라고요. 밥도 제대로 못 먹고. 뭔 생각을 하는지 가끔 멍하니 있고. 그렇게 착하고 곱게 자란 애가 갑자기 그런 일을 겪었으니 얼마나 놀랐을까."

"지금 하예신 선생님 말씀하시는 거 맞죠?"

"네. 어제저녁에도 통화했는데 아직 목소리에 힘이 없더라고요. 진짜 그렇게 힘들어하는 모습을 보니 저도 얼마나 가슴이 아픈지."

"하예신 씨랑 무슨 이야기를 하셨는데요?"

"아무 얘기도 못 했죠. 아직 그렇게 힘들어하는데 무슨 이야기를 하겠어요. 지금 숟가락 들 힘도 없을 텐데."

"아."

이상했다. 내가 만난 하예신 씨는 PTSD를 겪은 사람이라고는 믿을 수 없을 만큼 정신적으로 건강한 상태였다. 오히려 정신적으로 힘든 다른 사람들을 돕고 있었다.

그때 오미령 씨의 전화벨이 크게 울렸다. 오미령 씨는 전화 목소리를 듣고는 바로 실례한다며 밖에 나가서 통화를 했다. 내가 있는 쪽을 몇 번이나 흘깃하며 계속되던 전화통화는 10분을 넘게 이어졌다.

"저기, 사망 당일 이야기 좀 들려주실 수 있으세요?" 나는 오미령 씨가 전화통화를 마치고 오자마자 물었다.

"처음에 저희는 몰랐어요. 한 번씩 결석은 가끔 있는 일이었거든요. 라오스는 일단 날씨가 덥고요. 날씨가 더우니까 배탈이 나기 쉬

위요. 또 햇빛이 강해서 두통 때문에 집에서 쉬는 경우도 많고요. 또 결정적으로 저희가 초기에 발견할 수 없었던 게 최 선생님은 방을 혼자 썼단 말이에요. 그러니까 저희가 무슨 은폐 같은 게 아니고, 사실 말도 안 되는 얘기고요. 저희는 정말 몰랐다니까요. 저는 컨디션이 안 좋으셔서 방에서 쉬시나 했어요. 아무래도 최영근 선생님이 제일 나이가 많고 하시니까, 저도 좀 조심스러운 부분이 있었고요. 아무리 아빠뻘인 선생님이라고는 하지만 혼자 쓰는 남자 방에 들어가기가 좀 꺼려져서요. 처음 발견한 사람이 제일 잘 알 거예요."

"누가 제일 처음에 발견했나요?"

"김지은 씨요. 그리고 경찰이나 다른 사람들한테 최 선생님이 그렇게 됐다는 걸 알린 사람도 김지은 쌤이고요. 저희한테 먼저 알리지 않았던 게 저는 지금도 이해가 되지 않고요. 범죄 영화 같은 데 보면 나오잖아요. 최초 목격자가 미리 조치를 다 취해놓고 다른 사람들을 불러서 살인사건을 알리는 거. 사람을 죽여 놓고 증거나 이런 거 다 인멸한 다음에 다른 사람들 부르는 거요. 사실 김지은 쌤이 정신적으로도 좀 문제가 있고요. 말도 함부로 하고. 뭐 그건 만나서 직접 확인하실 테지만 또 최 선생님이랑 다툰 적도 있고요. 아무래도 저는…."

：

'김지은'

나는 천안을 떠나 바로 서울로 가는 지하철을 탔다. 천안역에서 2분 차이로 급행을 놓쳐 두 시간 넘게 걸려 서울에 도착했다. 전화를 받은 김지은 씨는 한강에 있다고 그쪽으로 오라고 했다. 한강에 도착했을 때 김지은 씨는 벤치에 앉아서 소주를 마시고 있었다. 같이 마시는 사람은 없고 김지은 씨 곁에는 소주병만 다섯 병째 나뒹굴고 있었다. 그리고 안주라고는 사람 장딴지만 한 당근 두 개가 떡하니 김지은 씨 옆자리에 앉아 있었다. 김지은 씨는 쌈장도 없이 당근을 우적우적 씹어 먹고 있었다. 김지은 씨는 남자만큼이나 머리도 크고 한눈에 봐도 덩치가 상당해 보였다. 까무잡잡한 피부에 첫눈에도 강한 인상을 주었다. 한쪽 팔 안쪽에는 날개인지 꽃인지 모를 타투가 펼쳐져 있었다. 내가 다가가자 햇빛 때문인지 원래 성격이 그런지 몰라도 이마와 미간에 양껏 주름을 잡고 나를 올려다보았다. 고등학교에 다닐 때 비슷한 외모를 가진 언니들에게 삥도 뜯기고 싸대기도 맞은 경험이 있어서 옆에 앉지는 못하고 멀리 떨어져서 쭈뼛쭈뼛 반쯤 꿇어앉은 자세로 말을 걸었다.

"저기 저는 국제봉사단 블로그 기자 우루리라고 하는데요, 그전에 전화로 말씀드렸던."

"아. 그때 갑자기 전화 건, 근데 용건이 도대체 뭐에요?"

"그게, 저 이번에 라오스 해외봉사 관련해서 취재하는데요."

"뭘 취재하는데?"

"취재라고 해도 거창한 건 아니고. 그 최영근 선생님 사건에 대해서 조금 알고 싶어서."

"최영근 선생님이요? 근데 왜 나한테 물어보는 거죠."

"그러니까 특별히 김지은 선생님한테만 물어보는 건 아니고요."

"그럼요?"

"그러니까 최영근 선생님이랑 같이 파견 갔던 단원들을 찾아뵙다가 김지은 선생님이 이번 일에 대해서 더 자세하게 알고 계신 게 있나 하는 이야기가 나와서."

"내가 최 쌤 사망사건에 대해서 더 자세한 내용을 안다고요? 누가 그래요?"

"아니 누가 그런 건 아니고요. 라오스에 계실 때 다툰 적도 있다고."

"뭐라고요? 내가 최 선생님이랑 다퉜다고요? 허우덕 씨가 그러셨죠? 뻔해요. 근데 의심해야 한다면 허우덕 씨가 제일 의심스럽죠. 두 사람은 나이도 비슷하고. 저랑 최영근 쌤은 나이도 20살 이상 차이났고요. 저희는 두 분이 아무래도 아빠뻘이니까 조심했고요. 근데 두 사람은 나이대가 비슷하고 하니까 당연히 부딪힐 일도 많았고요."

"최영근 선생님이랑 허우덕 선생님이랑 친하셨나요?"

"아무래도 둘이 나이대도 비슷하고 같은 남자고 하니까 처음에는 그랬죠."

"연세는 누가 더 많으세요?"

"최영근 씨가 더 어리죠. 형님, 형님 하고 불렀으니까. 처음에는."

"그럼 나중에는 사이가 나빠지신 건가요?"

김지은 씨는 그때 손에 들고 있던 소주잔을 잠시 내려놓았다. 벤치에 있던 소주병을 열어서 술을 조금 따랐다.

"한잔하실래요?"

"아니요, 아니요." 나는 손사래를 치며 황급히 대답했다.

조용히 소주잔에 술을 따르는 김지은 씨의 얼굴에서 희미하게 미소를 짓는 모습이 보였다. 옅게 짓던 미소는 내가 안 마신다는 말에 금세 찌그러진 표정이 되었다. 그러더니 금세 다시 평소의 얼굴로 돌아오더니 계속 말을 이어갔다.

"두 사람 사이는 별로 안 좋았죠."

"두 분이 다투거나 그런 적이 있었던 건가요?"

"저는 다투는 걸 직접 보지는 못했는데, 사건이 있었다고 하더라고요, 일요일에."

"그게 무슨 말씀이시죠?"

"최영근 씨가 좀 놀린다고 해야 하나? 무시한다고 해야 하나? 좀 그런 게 있었거든요."

"무시했다고요? 허우덕 선생님을요."

"그랬죠. 나이가 좀 더 있어서 형님이라고 호칭은 했지만, 은근히 무시하는 태도였거든요."

"다른 사람들이 보기에 그랬단 말씀인가요?"

"다른 사람들 있는 자리에서도 대놓고 무시하고 그랬죠."

"대놓고 무시했다고요?"

"그랬어요. 허우덕 선생님으로서는 기분이 더러웠을 수도 있죠."

"그게 좀 자세히 들려주시겠어요?" 나는 준비해 간 노트에 메모하려고 펜을 잡았다.

"그게 뭐 적을 일은 아니고."

"그래도 좀 자세하게 알려주시면 도움이 될 거 같아요."

"근데 뭐에 도움이 된다는 거예요. 사망사건에 대해서는 현지 경찰도 조사해 갔고, 국제봉사단 현지 사무실에서도 자세하게 조사를 해 갔는데."

"그게 저는 아무래도 조사 발표가 이상한 데가 있어서."

"그러니까 누가 죽였다, 뭐 이런 말인지?"

"그렇게 결론 내릴 일은 아니고요. 솔직하게 말씀드려서 그냥 좀 켕기는 부분이 있는 건 사실이에요." 나는 김지은 씨의 태도에 기가 눌려 속마음을 털어놓고 말았다.

김지은 씨는 잔에 따라 놓은 소주를 입에 털어 넣고 말을 이어갔다.

"그러니까 평상시에도 최영근 씨가 좀 대놓고 무시했어요. 수업시간이었는데 허우덕 선생님이 좀 질문이 많아요."

"수업시간이요?"

"네. 우리 국제봉사단 봉사단원들은 파견이 되자마자 바로 봉사기관에 가서 봉사를 수행하는 게 아니거든."

"아, 그럼요?"

"먼저 현지어를 배운단 말이에요."

"현지어를? 그럼 라오스어를 배우는 건가요?"

"그렇죠. 말도 안 통하는데 갑자기 가서 봉사활동을 할 수는 없잖아."

"아, 네. 그러네요."

"그래서 봉사하는 기관에 파견되기 전에 두 달 정도 매일매일 라오스어를 배운다고요."

"매일매일 수업을 받는 건가요?"

"그렇죠. 그러니까 이게 졸라 힘들어요. 그 더운 날씨에 매일 아침부터 저녁 5시까지 수업한다고요. 고3도 아니고 이게 보통 일이야? 또 학원 가는 길에 차는 또 얼마나 막히는데. 아침부터 차 밀리고 거리에서 사고 나고 개판이야."

"사고요?"

"그게 후진국이잖아, 라오스가."

"아, 네."

"그러니까 교통신호 이런 게 없어요."

"신호등 같은 게 없나요?"

"있지. 근데 있어도 의미가 없어요."

"왜요?"

"아이고. 라오스 한 번도 안 가 봤어요?"

"제가 해외여행을 한 번도 안 가봐서."

나는 내가 라오스에 갔다는 사실을 숨겼다. 지금 상태로 가장 유력한 용의자인 김지은 씨에게 내가 라오스에 갔고, 살인사건이 일어났던 숙소까지 방문했다는 사실을 알리는 것은 좋지 않다고 생각했기 때문이다.

"왜? 집이 좀 못 살아?"

"네?"

"아니, 해외여행 갈 형편이 안 되냐고?"

"그게, 저희 집은 블루칼라 가정이라."

"뭔 칼라? 뭐 그건 그렇다 치고. 어쨌든 아침부터 맨붕이란 말이지. 아침부터 그 지랄을 떨면서 학원에 도착하면 수업 시작하기도 전에 짜증부터 난단 말이야. 그리고 덥기는 또 지랄같이 더워요."

"그렇게 더워요?"

"동남아 못 가본 사람은 몰라. 이게 얼마나 더운지, 그냥 나라 전체가 찜질방이라고 생각하면 돼요."

"나라 전체가요?" 나는 알면서도 신기하다는 투로 물었다.

"그러니까 에어컨 있는 방문을 열고 나가자마자 그냥 찜질방에 들어가는 기분이라고 생각하면 돼."

"진짜 길거리 전체가 그런가요?"

"그래. 진짜 사방 천지가 찜질방이라니까."

"그래도 학원에는 에어컨 있고 그런 거 아니에요?"

"에어컨은 있지. 근데 이게 덜덜거리고 또 그렇게까지 시원하지 않아요."

"아, 그래요?"

"그렇다니까. 에어컨도 중국 거야. 잘 나가다가 뜬금없이 뜨거운 바람이 나오기도 한다니까."

"에이, 에어컨에서 뜨거운 바람이요?"

"못 믿네. 진짜라니까. 괜히 짱꼴라, 짱꼴라 하는 게 아니라니까. 진짜 에어컨에서 갑자기 뜨거운 바람 나오면 짱꼴난다니까."

"진짜 그 정도예요?"

"다음에 한 번 동남아 놀러 가 봐요. 진짜니까."

왠지 라오스에 한 번 더 갈 거 같다는 불길한 기분을 느끼며 나는 김지은 씨의 말이 재미있어 점점 빠져들었다.

"그리고 또 모기는 좀 많아."

"모기요?"

"그래 나라가 일 년 내내 여름이니까, 그냥 일 년 내내 모기가 상주한다고 보면 돼."

"일 년 내내요?"

"그렇다니까. 우리나라는 모기들이 여름에만 반짝 까불다가 추워지면 다 뒤지잖아."

"그, 그렇죠."

"근데 이놈의 똥남아에서는 모기가 일 년 내내 뒤질 일이 없어요. 일 년 내내 안 춥거든."

"와 진짜요?"

"얘가 속고만 살았나. 그냥 쭉 여름이라고 생각하면 돼. 모기 같은 애들은 살기 좋아. 따뜻하고 습하고."

"와 신기하네요."

"그리고 한국에서는 모기 물려도 좀 가렵고 말지. 근데 동남아에서 모기한테 잘못 물리면 뒤져요."

"에이, 모기한테 물렸다고 설마."

"아, 진짜. 속고만 살았나. 말라리안가 뭔가 때문에 진짜 모기한테 물려서 뒤질 수도 있다니까. 괜히 동남아를 똥남아라고 하는 게 아니라니까."

"와. 진짜요?"

"우리가 무슨 말 하다가 이렇게까지 흘러왔지?" 김지은 씨는 소주를 한잔 더 들이키며 나에게 물었다.

"그러니까 최영근 쌤이 허우덕 씨를 대놓고 무시했다는 그 말에서."

"아, 그렇지. 그러니까 최영근 선생님이 진짜 개무시했다니까. 수업시간에 좀 말이 많았어요. 쓸데없는 질문 하고."

"최영근 씨가요?

"아니, 허우덕 씨."

"아, 그래요?"

"그랬어. 그러니까 진짜 이상한 문법 질문을 하고 그랬다니까."

"허우덕 선생님이요?"

"그렇다니까. 그러니까 허우덕 선생님이 선생님이었잖아."

"네? 허우덕 선생님이 선생님이라니요?"

"아씨, 그러니까 진짜 선생을 했다고."

"아, 허우덕 선생님이요? 학교 선생님이셨어요?"

"그런 기본적인 취재도 안 했어?"

"그게 제가 그런 거 찾을 수가 없어서. 정보 접근할 방법이 없다고 할까? 경찰도 아니고."

"허우덕 선생님 기술선생님으로 35년이나 근무했잖아."

"그러셨어요?"

"그럼. 여자 고등학교에서 35년이나 근무했어."

"여자 고등학교에서요?"

"그게 중요한 게 아니고. 기술선생님이라서 기본적으로 이과 마인드란 말이야."

"그게 중요한 건가요?"

"중요하지. 이과 마인드랑 문과 마인드랑 다르지."

"그런가요?"

"이과 사람들은 외국어 공부할 때도 이상하게 공부하려고 한단 말이에요.

"이상하다니요?"

"그러니까 자꾸 기술적인 질문을 해."

"기술적인 질문이라뇨?"

"이런 문법은 왜 이렇게 되는지? 여기서는 왜 이건 아니고 저거여야 되는지 이런 걸 자꾸 묻는단 말이에요."

"저는 무슨 말인지 잘."

"외국어 공부해봤잖아요. 어학연수 안 다녀왔어요?"

나에게 어학연수는 거의 화성에 사는 사람들이 하는 일에 해당하는 것이다. 학교 수업 마치자마자 식당 알바하고 밤마다 틈틈이 편의점 알바해서 대학교 학비와 생활비를 버는 나에게 어학연수라니. 나에게 어학연수란 지구에 있는 사람들이 화성 여행을 꿈꾸듯 아주 머나멀고 불가능한 이야기였다.

내가 잠시 가만히 있자 김지은 씨는 다시 말을 이어갔다.

"그러니까 언어는 그냥 받아들여야 하는데 자꾸 왜? 왜? 하는 질문을 던진단 말이야. 짜증 나게."

"아, 네."

내가 외국이랑 전혀 인연이 없는 걸 감안해서 김지은 씨는 내가 할 줄 아는 유일한 언어인 한국어를 예로 들어서 설명해주었다.

"그러니까 한국어에도 이랑 가가 있잖아."

"네? 이랑 가요?"

"그러니까 허우덕 씨가 라고 말해야 하고 허우덕 선생님이라고 말해야 하잖아."

"아. 네. 그러네요."

"그러니까 왜 허우덕 씨, 이라고 하면 안 되는지, 왜 허우덕 선생님, 가라고 하면 안 되는지 자꾸 묻는단 말이야."

"아."

"왜 최영근 씨, 이라고 하면 안 되는지, 왜 최영근 선생님 가라고 하면 안 되는지 설명할 수 있어요?"

"네? 제가요? 아, 그게. 못하죠."

"그러니까, 내 말이. 아무리 모국어라도 그런 거는 설명 못 한다고."

"그래도 언어 가르치는 선생님이라면 설명할 수 있어야 하는 거 아닌가요?"

"그래. 설명할 수는 있어. 근데 다른 학생들이 다 그런 설명을 원하는지 또 문제 아니야?"

"그럼 다른 학생들은 그런 설명 듣기를 원하지 않았던 건가요?"

"그래. 그러니까 특히 최영근 쌤이 진짜 짜증 냈단 말이야."

"짜증이요?"

"그래. 우리도 좀 짜증은 났는데 60 넘은 허우덕 씨한테 뭐라고 하겠어."

"최영근 선생님은 뭐라고 하신 거예요?"

"질문하지 마, 이렇게 직접적으로 말은 안 했는데 대놓고 쓸데없는 질문이라고 무시하고는 했지."

"대놓고요?"

"그래. 아, 또 시작이라던가 뭐 저런 거 알아서 뭐 해? 이렇게 비아냥대고 그렇게 했지."

"다 들리게요?"

"그렇다니까. 허우덕 씨도 다 들었으니까 분명히 기분 나빴을 거야. 그리고 선생님도 다 듣게 영어로 비아냥댔으니까. 허우덕 씨는 영어를 못해서 받아칠 수도 없고 해서 더 짜증 났을 거야."

"영어라니요?"

"아, 그러니까, 다 라오스 말을 못 하니까 커뮤니케이션이 안 되잖아."

"그렇죠."

"그렇다고 라오스어 선생님들이 한국어를 하는 것도 아니란 말이야."

"아, 그러네요."

"근데 허우덕 씨 빼고는 전부 다 영어는 조금씩 다 했단 말이야."

"아, 그래요?" 영어라고는 교과서 영어가 전부인 나로서는 알 수가 없는 세계였다.

"그러니까 질문이나 설명 이런 건 영어로 한단 말이야. 선생님들도 한국어를 못하고 우리도 라오스어를 못하니까."

"아, 그렇겠네요."

"그러면 허우덕 씨는 혼자 뻥찌는 거지."

"다른 분들은 다 영어로 의사소통이 가능했던 건가요?"

"다들 조금씩은 했지. 허우덕 선생님은 하나도 못 했고."

"최영근 선생님은 봉사활동 하시기 전에 뭐 하셨대요?"

"몰라. 선생님으로 퇴직했다는데."

"무슨 과목이요?"

"몰라. 그건. 나는 관심 없으니까. 근데 최영근 선생님 사망사고에 진짜 우리가 모르는 무슨 일이 있었다면 분명 허우덕 씨랑 연관된 게 틀림없다니까."

"근데 아까 말씀하셨던 일요일에 두 사람 사이에 일어났던 일이라는 게 대체 뭔가요?"

‥

'허우덕'

전형적인 대한민국의 아저씨였다. 근데 다정한 아저씨. 허우덕 씨는 집 안에서도 알록달록한 등산복을 입고 있었다. 허우덕 씨 인터뷰는 인천에 있는 허우덕 씨 집에서 진행되었다. 이 아저씨는 김지은 씨에게 들었던 이미지와는 딴판이었다. 처음 만나는 나한테 먹을 것도 잔뜩 주고 말투도 엄청 나긋나긋했다. 허우덕 씨는 집에 딸이 많아서 그렇다고 했다. 딸이 셋이라는데 결혼하지 않은 막내딸은 집에서 같이 살고 있었다. 막내딸을 부를 때도 딸이라고 부르면서 살가운 태도였다. 나도 저런 아빠가 있었으면 아주 좋은 사람으로 자랐을 텐데 하는 생각을 잠시 했다. 집에는 여기저기 성경이 있고 기독교 관련 물건들이 가득 있어서 딱 봐도 가족 전원이 엄청 독실한 교인인 걸 알 수 있었다.

"걔는 기본이 안 되어 있어요." 김지은 씨에 대한 허우덕 씨의 첫마디였다.

"네?"

"김지은 걔는 봉사자로서 기본이 안 돼 있어. 그런 애가 어떻게 국제봉사단 면접을 통과했나 몰라."

"그게 무슨 말씀이세요?"

"만나봐서 알 거 아니에요. 반말이나 찍찍하고."

사실 처음 만나서 한 2분 정도만 약간의 존댓말을 하고 바로 반말을 툭툭 던지는 김지은 씨의 말투에 약간 당황하기는 했다. 하지만 알바사장이라든가 손님 중에 그런 사람들이 많았기 때문에 특별히 기분이 나쁘거나 하지는 않았다.

"봉사하러 온 나라에 대해서 후진국이라지 않나, 봉사하러 왔다는 사람이 현지인들 데리고 놀기나 하고."

"아, 김지은 선생님이 그러셨나요."

"행실에 문제가 있어요, 행실에."

"행실이라뇨? 어떤 이야기세요?"

"잠깐만, 기자라고 하셨죠?"

"네."

"기자면 이런 이야기 다 받아쓰고 신문에 내고 하는 거 아니에요?"

"근데 한국국제봉사단 블로그 기자라서 이상한 내용은 못 쓰니까 걱정하지 마시고 다 이야기하셔도 돼요."

"블로그 기자? 그게 뭐예요?"

"그러니까 한국국제봉사단에서 돈 받고 홍보글 같은 거 쓰는 사람이라고 생각하시면 돼요."

"홍보팀 직원인 건가요?"

"아뇨, 아뇨. 그건 아니고요. 어떻게 설명해야 하지. 아, 맞다. 선생님 블로그 하세요?"

"하죠. 딸들이 만들어줘서."

"가끔씩 이상한 메시지 오지 않으세요?"

"이상한 메시지?"

"네. 무슨 홍보 관련해서 글 게시 협조 바랍니다. 뭐 이런 메시지 받아본 적 없으세요?"

"아, 그러고 보니 가끔씩 오던데."

"그러니까 그런 비슷한 홍보 글을 써주는 건데요. 그렇게 불법은 아니고. 아니야. 뭐 그렇다고 홍보 글 게시 협조해달라는 사람들이 불법이라는 건 아니고. 어쨌든 한국국제봉사단 홍보 글을 쓰기는 쓰는데, 한국국제봉사단 직원은 아니고. 뭐 공생관계 같은 거라고 해야 하나." 이렇게 설명을 해놓고 보니 내가 하는 블로그 기자활동이 아주 하찮게 보였다. 하지만 70에 가까운 할아버지에게 알기 쉽게 설명하려면 다른 방법이 없었다.

"뭐 어쨌든 한국국제봉사단 직원은 아닌데 한국국제봉사단한테 돈을 받고 홍보 글 써주는 거네?"

"네네. 맞아요."

"그러니까 내가 한국국제봉사단에 대해서 좋은 말만 해야 하는 거예요?"

"아니요, 꼭 그런 건 아니에요. 제가 골라서 쓸 테니까 편안하게 아무 말씀이나 해주시면 돼요."

나는 이렇게 대충 얼버무렸다. 내가 진정 원하는 것은 한국국제봉사단에 대해 좋은 말이 아니었다. 내가 원하는 건 사건의 진실이었다. 왜 우리 오빠가 안전담당 업무를 시작한 지 3개월도 안 돼서 잘렸는지, 도대체 라오스에 파견된 봉사단원들 사이에 무슨 일이 있었는지, 도대체 왜 최영근 씨가 시체가 되어 돌아왔는지, 3개월 사이에 있었던 사건의 진상을 알고 싶었다. 그런데 허우덕 선생님의 관심은 다른 데에 가 있었다.

"그래요? 얼마씩이나 받는데요?"

"네?"

"그러니까 이런 기사 써주면 얼마나 받아요?"

"기사 건당 오만 원이에요."

"오만 원? 그거밖에?"

"아, 네네. 그러니까 안심하시고 아무 이야기나 하셔도 돼요. 나쁜 이야기라고 생각되면 기사에는 안 쓸 테니까요."

"그래도 오만 원 벌려고 인천까지 오는 건 진짜 좀 그러네."

허우덕 씨는 오만 원이라는 내 취재비에 관심이 더 많았다. 자기는 지금 백수라 수입이 전혀 없다, 자기 나이에도 할 수 있냐고 물어보는 등 돈에 대해서 한 삼십 분 더 이야기가 오갔다. 집안의 청교도적이고 금욕적인 분위기와 반대로 허우덕 씨는 돈에 대해서 관심이 많은 듯했다. 돈에 관한 이야기는 60년대 자신의 가난한 집안 형편으로까지 이어졌다. 보릿고개를 거치며 먹을 것이 없어서 물만 마셨다는 이야기, 지긋지긋한 가난을 벗어나기 위해서 열심히 공부해서 선생님이 되었다는 이야기, 쥐꼬리만 한 월급을 모으고 모아 인천에 빌라를 산 과정까지 어린 시절과 돈에 대한 구구절절한 이야기가 삼십 분이나 이어졌다. 대학생만 블로그 기자를 할 수 있다는 내 이야기를 끝으로 겨우 다음 이야기로 넘어갈 수 있었다.

"그러니까 김지은 씨는 행실에 문제가 있단 말이에요. 결혼도 안한 여자가 혼자 사는 남자 방에 들락거리는 거 자체가 문제가 있는 거예요. 저는 그것부터가 수상하다는 말이에요."

"그러니까 김지은 씨가 최영근 씨 방에 자주 출입했다는 이야기이신가요?"

"그렇다니까요. 그러니까 둘이서 방에서 무슨 짓을 했는지 나는 몰라요. 근데 최영근 선생 혼자 쓰는 방에 김지은 씨가 자주 들어가는 건 본 사람들이 많으니까. 그냥 나 혼자 하는 이야기가 아니에요."

"에이 그래도 나이 차이가 그렇게나 많이 나는데."

"외국에 나가서 고립돼 있으면 나이 차이 같은 거 그렇게 중요하지 않아요. 사실 우리끼리는 다 친구처럼 지냈고. 사실 최영근 씨랑 김지은 씨는 데이트 같은 것도 했고."

"네? 데이트요?"

"그게 나는 잘 몰라요. 사실 둘이서 뭘 했는지 보지는 못했으니까. 근데 둘이서 숙소 앞에서 택시 기다리고 그랬단 말이에요. 그건 내가 봤으니까. 뭐 밖에 같이 나가는 건 그렇다 쳐요. 근데 성인 둘이 방에 들어가 있는 건 그렇게 떳떳한 일은 아니죠."

"네? 그러니까 둘이서 방에 들어가서 오래 있고 뭐 그랬던 건가요?"

"방에 둘만 있었는지, 얼마나 오래 있었는지 나는 몰라요. 내가 그 두 사람이 뭐 하는지 감시만 하고 앉아 있을 수는 없으니까요. 밥만 먹고 나왔는지. 다음 날 아침까지 있었는지 아무도 모르죠."

"네? 두 사람이 다음 날 아침까지 있었다고요?"

"아니요. 그랬을 수도 있을 거라는 이야기지요."

"확인된 사실은 아닌가요?"

"확인할 수가 없어요. 우리와는 다르게 최영근 선생은 혼자서 숙소를 썼으니까."

"그래요?" 나는 놀라는 척을 하며 물었다.

"네. 코끼리 머리가 기분 나쁘게 쳐다보고 있는 그 이상한 방."

나는 허우덕 씨로부터 사건이 발생한 현장에 관한 이야기를 비교적 자세하게 들을 수 있었다. 라오스에 파견된 일반봉사단원들은 일곱 명이었다. 라오스의 수도인 비엔티엔의 외곽에 위치한 빌라에 두 명이 방이 두 개 딸린 빌라를 쓰기로 했다고 한다. 남자가 세 명, 여자가 네 명이었던 탓에 남자 둘이 한 빌라, 여자 넷이 빌라 두 개를 쓰고 최영근 씨 단독으로 빌라를 썼다고 한다. 공평하게 가위바위보를 해서 이긴 최영근 씨가 혼자 빌라를 쓰기로 결정되었다고 한다. 최영근 씨의 빌라와 김지은 씨와 김하나 씨가 같이 쓰는 빌라, 김은우 씨 허우덕 씨의 빌라는 양옆에 옆에 붙어 있었고 김지은 씨가 최영근 씨의 빌라 안으로 잽싸게 들어가는 모습이 다수의 단원으로부터 목격되었다고 한다.

"근데 일요일에 두 분이 약간 다툼 같은 게 있었다고 하시던데."

"누가? 나랑 최영근 씨가요? 누가 그래? 김지은 걔가 그래요?" 허우덕 씨의 목소리 톤이 갑자기 높아졌다.

사실 나는 허우덕 씨보다는 김지은 씨가 더 의심스러웠다. 김지은 씨의 태도도 그렇고 최영근 씨와 가까워 보여서 둘이 모종의 관계가 있지 않나 하는 추정이 가능했다. 이 관계가 비극으로 연결되지 않았을까?

⋮

'김지은'

"누가 그래요? 내가 최영근 선생님 방에 자주 찾아갔다고."

"그게 누가 특별히 그랬던 건 아니고요."

"그럼?"

"그게 그런 말이 들려서."

"카레는 최영근 선생님이 불러서 간 거예요."

"네? 카레요?" 나는 갑작스럽게 쏟아져 나오는 정보를 메모하면서 들었다.

"야식 먹으려고 했는데 많이 남아서 먹겠냐고 하셔서 먹으러 몇 번 간 거뿐이라고요. 밥만 얻어먹고 그냥 나올 수는 없잖아요. 최영근 선생님 라오스어 질문이 있어서 가르쳐 주느라 좀 있었던 것뿐이고."

"네."

김지은 씨는 내가 묻지도 않았는데 이것저것 방어적으로 변명했다. 최영근 씨의 방을 들락날락했다는 것도 아마 나뿐 아니라 다른 사람들에게 질문을 받았던 적이 있었던 것 같았다.

"사실 최영근 쌤이 돌아가신 게 타살이라면 가장 의심스러운 사람은 허우덕 선생님이지."

"그건 왜요?"

"눈썹 건도 있고"

"네? 눈썹 건이라니요?"

"눈썹 건 때문에 허우덕 선생님이 최영근 선생님 별로 안 좋아하고 있었는데, 그 일요일에 기어이 일이 터진 거지."

다시 한 번 인천에 갔을 때 느꼈던 허우덕 씨의 인상에 관해 설명해야겠다. 허우덕 씨는 머리카락이 별로 안 남아 있는데, 반해 눈썹이 굉장히 진해 강렬한 인상을 풍겼다. 가까이 가서 보니 그냥 눈 위에 매직으로 줄을 그어놓은 것 같은 굉장히 진한 문신이었는데 마치 스케치북 위에 굵게 한 줄 그어놓은 것처럼 부자연스러웠다. 화장하지 않는 남자는 머리빨 다음이 눈썹빨이라는 말이 있다. 허우덕 씨에게는 미안한 얘기지만 눈썹 문신은 실패였다. 듬성듬성한 머리로 먼저 골룸이 된 후에 인위적이고 짙은 눈썹으로 영화에 나오는 사람 반 오랑우탄 반 정도 되는 반인반수의 인상까지 더해져 버렸다. 160이 될까 말까 한 키에 40kg이나 나갈까 걱정되는 전형적인 멸치 체형이었다. 외모를 비하하면 안 되지만 눈썹 문신 탓에 총체적으로 삐쩍 마른 젓가락 위에 털북숭이 오랑우탄 머리를 올려놓은 것 같은 모습이 되어버렸다.

"키우라는 별명도 최영근 씨가 붙였잖아."

"네? 키우? 그게 뭐예요?"

"그게 라오스말로 눈썹이라는 말이에요."

"정말이요?"

"그날부터 다들 허우덕 선생님을 키우라고 불렀잖아."

"완전 애들 같네요."

"유치원 같지?" 김지은 씨는 웃음을 터뜨렸다.

"진짜."

"근데 그렇게 된다니까. 왜냐면 다 같이 라오스어 학교에 다니는데 하루 종일 배우고 연습하는 게 친구들 안녕, 밥 먹었어? 응 맛있었어. 뭐 이런 거니까."

"아. 진짜 유치원 다시 다니는 거 같네요."

"내 말이. 다들 별명 부르고 뭐 그렇게 놀았어. 그러니까 어린 여자 애들이나 새파란 라오스어 선생님들까지 60 넘은 할아버지한테 다들 눈썹아, 눈썹아, 이렇게 불렀는데 기분이 좋았겠어? 운전기사나 빌라 지키는 고등학생 애도 허우덕 선생님께 키우라고 불렀다니까."

"아이고."

"그러니까 이런 별명 지어준 놈 죽이고 싶지 않겠어?"

"네?"

"근데 진짜 제대로 날린 한방은 그 일요일에 일어났지."

"네?"

⋮

'김은우'

나는 허우덕 씨와 같은 빌라를 썼던 김은우 씨에게 전화를 걸었다. 내가 누구란 것을 설명하고 인터뷰의 취지를 설명하자 김은우 씨는 사건의 전말을 술술 털어놓았다.

"밥을 같이 먹는 게 문제의 시작이었던 것 같아요."

"네? 밥을 같이 먹어요? 봉사단원 분들 다 같이요?"

"네. 그랬어요. 저는 따로 먹는 게 좋았는데, 생활비 문제도 있고 해서 어쩔 수가 없었어요."

"생활비 문제라니요?"

국제봉사단 라오스 봉사단 최영근 사망사건 해결의 실마리가 될 수 있는 새로운 단서가 드러났다. 원래 국제봉사단 해외봉사단원들은 한 달 생활비로 각각 미화 500달러를 현금으로 받는다. 개발도상국인 라오스에서는 이 금액이 생활비로 충분하고도 남는다고 한다. 하지만 당시 사무소의 예산 신청 문제로 이 생활비 지급이 무기한 미뤄졌다고 한다. 다른 봉사단원들은 현지에 도착하자마자 생활비를 받는다는 말에 따로 돈을 가져오지 않았다. 상대적으로 부유했던 최영근 씨만 해외여행에서 남은 금액이라며 몇만 달러나 되는 돈을 가지고 있었다고 한다. 국제봉사단 현지 사무소에서 생활비 지급이 늦춰지는 것도 예외적인 상황이었지만 봉사단원이 몇만 달러나 되는 현금을 가지고 오는 경우도 굉장히 예외적인 상황이었다. 그래서 생활비가 지급되기까지 여섯 명의 단원들은 최영근 씨의 돈을 같이 쓰고 나중에 생활비가 지급되면 갚기로 결정했다. 다른 단원들은 돈을 빌려 쓰는 형편이라서 수업이 없는 주말에도 별다른 지출을 할 수 없었다. 봉사단원들은 땡볕에 걸어 다니며 최대한 생활비를 아끼려고 노력했다. 최영근 씨만은 자기 돈이라 주말에 콜택시를 불러서 관광을 나가고 마사지를 받는 등 호화롭게 생활했다고 한다. 그리고 최영근 씨는 외출할 때 자신이 좋아하는 단원과 같이 나가서 수영장을 가거나 맛집까지 찾아다녔다고 한다.

"근데 허우덕 선생님이 최영근 선생님께 화나신 부분이 있다는 거는 저도 충분히 이해해요."

"네? 그게 무슨 말씀이세요? 허우덕 선생님이 최영근 선생님께 화가 나 있었다고요?" 나는 아무것도 들은 것이 없는 척 깜짝 놀라며 물어보았다.

"네. 그게 좀 유치해서 말하기 좀 그런데."

"그래도 말씀해 주세요."

"다 큰 어른들이 이런 거 가지고 삐지고 하면 좀 그런데."

"네."

"상황이 상황이다 보니 사람이 좀 유치해지더라고요."

"유치해지다니요?"

"최영근 선생님이 특정한 사람을 편애하기는 했죠."

"네? 편애라니요?"

"상황이 좀 그랬어요. 일단 라오스라는 곳이 한국처럼 카드나 이런 걸 쓸 수 있는 상황이 아니잖아요."

"네? 카드가 전혀 안 되나요?"

"그렇죠. 아무래도 개발도상국이다 보니까. 카드를 받는 가게가 없어요. 호텔이나 엄청나게 비싼 곳은 카드를 받아도 우리가 그런 비싼 곳에 갈 형편은 아니고 일반 가게들은 카드 기계 자체가 아예 없죠."

"아, 그래요?"

"네. 또 외국이고 말도 좀 안 통하다 보니까 상황이 특수하죠. 그러니까 우리 모두 돈도 없는 유치원생 어린애들로 돌아간 거 같았어요."

"저는 외국에 나가본 적이 없어서 좀 이해가."

"그러니까 갓난아기로 다시 태어나서 유치원에 입학했다고 생각하시면 돼요. 말도 잘 안 통하고 온통 모르는 거 투성이었어요. 그리고 돈도 없었는데 최영근 선생님 한 명만 돈을 엄청나게 많이 들고 있었어요. 해외여행 가면 말이 안 통하고 잘 몰라도 돈만 주면 거의 모든 욕구가 해소되잖아요. 먹는 거 노는 거 하다못해 어디 가고 싶은데 어떻게 가는지 정확하게 몰라도 돈만 주면 다 데려다주니까. 그러니까 우리는 싫으나 좋으나 최영근 선생님에게 전적으로 의지하는 수밖에 없었어요."

"아. 그렇군요."

"근데 사람이 욕망이 끝이 없어요. 자꾸 뭔가를 하고 싶고 뭔가를 가지고 싶어요. 외국에 가면 진짜 아무것도 없잖아요. 거기 가서 처음으로 느꼈던 게 진짜 한국에서 우리가 많이 가지고 살았구나, 많이 누리고 살았구나, 그런 거였어요. 근데 그때는 뭔가 필요한 게 생겨도 참을 수밖에 없었거든요. 하다못해 머리가 길어서 이발을 해야겠는데, 이발소가 어딘지도 모르겠고 돈도 없는 거예요. 근데 최영근 선생님만 따라다니면 돈으로 다 해결이 되더라고요. 영어 좀 하는 택시기사한테 말만 하면 영어가 통하는 이발소까지 데려다주고 돈을 조금만 더 주면 하루 종일 따라다니면서 통역까지 해주니까 얼마나 편해요. 그런데."

"그런데요?"

"그런데 이렇게 계속 잘 해줄 거 같다가 한 번 안 된다고 하면 화가 나는 거죠."

"네? 그게 무슨 말이에요?"

"그러니까 사탕을 줬다가 뺏으면 굉장히 화나는 거 있잖아요."

"네?"

"처음부터 사탕을 안 줬으면 모르는데 줬다가 뺏으면 미쳐버리는 거죠, 사람은. 또 누구한테는 주고 자기한테는 안 주고, 이러면 더 화가 나는 거죠."

"사탕이라니요?"

"처음에는 사람을 가리지 않고 무차별로 사탕을 뿌렸단 말이에요, 최영근 선생님이."

"그게 무슨 말이에요?"

"그러니까 처음엔 최영근 선생님 돈으로 다 같이 이것저것 진짜 많이 했거든요."

"라오스에 그렇게 할 게 많아요?"

"네. 라오스가 못사는 나라이기는 하지만 돈만 있으면 또 못할 거는 없는 나라더라고요. 외국인들이 사는 곳까지 택시 타고 나가면 다 있어요. 한국식당도 큰 게 있고 심지어 횟집도 있어요."

"회요? 라오스는 내륙국가 아닌가요?" 나는 미리 취재한 사실을 좀 내비쳤다.

나는 취재를 시작하기 전에 라오스에 관해 공부를 좀 했다. 라오스는 중국, 베트남, 캄보디아, 태국, 미얀마 사이에 끼어있는 동남아에서는 유일한 내륙국가로 바다가 없다. 해군이 바다로 나갈 수 없어 그냥 강에서 배나 타고 훈련한다고 한다. 라오스의 나라 면적은 우리나라의 두 배가 넘지만, 인구는 우리나라의 1/6도 안 되는 800만밖에 살지 않는 나라다. 전체 인구의 70%가 불자로 불교의 나라이기도 하다. 1인당 GDP는 2020년 기준 2,567달러로 북한보다 못 사는 나라라고 한다. 오랫동안 프랑스의 식민지여서 프랑스에 있는 것 없는 것 다 쪽쪽 빨린 탓이라고 했다.

"그런데 라오스라고 해서 다 불가능한 건 아니에요. 다할 수 있죠. 돈만 있으면."

"그러니까 최영근 선생님만 돈이 있었단 거죠?"

"그렇죠. 그리고 그런 최영근 선생님을 항상 따라다닌 거죠. 그런데."

"그런데요?"

"처음에는 저희 전부 따라다녔는데요."

"그런데요?"

"나중에는 우리를 빼고 한 사람만 데리고 다니더라고요."

"네? 누가 누구를요?"

"누군 누구예요. 최영근 선생님이 김지은 씨만 데리고 다닌 거죠."

"근데 최영근 쌤이 그렇게 돈이 많으셨어요?"

"뭐 모르긴 몰라도 일 년 정도 라오스에서 떡 치고 살 정도로 많았다니까요."

"네? 뭘 처요?"

김은우 씨의 당황한 모습이 전화기로 전해질 정도였다.

"그, 그게 관용표현이에요. 이상한 걸로 오해하지는 마세요. 그러니까 떡 치다 뭐 이런 뜻이 아니라, 충분히 뭐, 편안하게 살 수 있다는 이런 관용표현이에요. 요즘 20대 초반 사람들은 이런 말 안 쓰나요?"

나는 김은우 씨가 떡 치고 다닌다고 한 말이 굉장히 거슬렸다. 아니나 다를까 이 말은 결국 사건의 다른 실마리를 제공했다.

⋮

'김지은'

"그러니까 허우덕 쌤이 진짜 제대로 한 방 맞은 건 그날이었는데."

"아, 그 일요일에 일어났던 일, 말이에요?"

"그러니까 허우덕 쌤은 돈이 없었는데. 아니, 우리 모두 돈이 없었지. 최영근 선생님만 빼고."

"아, 그 얘기는 저도 들었어요."

"뭐? 들었다고? 누구한테." 김지은 씨는 갑자기 표정을 바꾸며 물었다.

"그게 여기저기서."

"여기저기? 누가 그런 얘기를 해줬어?"

"그게 그냥 여기저기서요." 나는 점점 쪼그라들었다.

"뭐 됐고. 진짜 돈이 없었다고. 망할 놈의 사무실이 연말에 무슨 예산 신청을 잘못했다나 뭐라나 해서 새 예산이 안 들어왔다고 하더라고. 자세히는 몰라. 기사에 쓰려면 국제봉사단 라오스 사무소나 아니면 본부에 물어봐야 할 거야. 나는 잘 몰라."

"네."

"중요한 건 그게 아니고."

"네."

"중요한 건 허우덕 쌤이 돈을 빌리려고 했는데."

"네? 누구한테요?"

"당연히 최영근 선생님에게 빌려야지. 최영근 선생님밖에 돈이 없었다니까. 이제까지 뭐 들었어?"

"아, 죄송해요."

"어쨌든 다들 도착하자마자 사무소에서 생활비가 나올 줄 알고 현지 돈이나 달러를 안 가져갔거든."

"그것도 들었어요."

"들었다고? 누구한테?"

"그게."

내가 머뭇거리고 있자 성격 급해 보이는 김지은 씨는 다시 말을 이어갔다.

"그건 됐고, 최영근 선생님은 어디 여행 갔을 때 남았다나 뭐라나 달러를 엄청나게 많이 가지고 있더라고. 우리 모두 생활비로 쓰기에도 남는 돈이었거든."

"그렇게나 많았어요?"

"그게 중요한 게 아니고."

김지은 씨는 서둘러 주제를 바꾸려고 했다.

"네."

"그래서 최영근 선생님이 우리한테 잘해주고 그랬는데."

"잘해주다니요?"

"그러니까 우리가 필요한 게 있으면 사주고 뭐 그랬거든."

"네. 그런데요?"

"근데 허우덕 씨는 자존심이 센지 뭔지 몰라도 그런 걸 싫어하더라고. 그러니까 허우덕 씨는 최영근 선생님께 아무것도 부탁한 게 없었단 말이야. 근데 그날은 달랐어요.:

"다르다니요. 어떻게요?"

"몰라, 나는 자세한 사정은 잘 모르겠어. 근데 진짜 돈이 필요하다면서 그날은 진짜 정식으로 부탁했거든."

"정식으로요?"

"어. 그러니까 일요일 아침이었을 거야."

"네."

"아마 허우덕 씨가 교회 가는 길이었을 거야. 허우덕 씨가 라오스에서도 한인 교회에 다녔거든. 예신 쌤이랑 같이."

"아, 네."

"근데 계속 헌금을 못 하니까 좀 입장이 난처했나봐, 교회에서."

"아."

"왜, 교회에서는 십일조인가 뭔가 하잖아."

"아, 네."

"그러니까 예배도 드리고 뭐, 밥도 먹고 노래도 부르고 하잖아, 교회에서."

"아, 네."

"그러니까 그 무적의 논리 있잖아. 1주일 동안 나쁜 짓도 하고 바람도 피우고 뭐 이러다가 교회 가서 회개하고 노래하고 이러면 죄를 다 용서받고 오잖아."

"아. 아. 네."

나는 교회에 다니지 않지만 이렇게 함부로 교회를 비하하는 말을 듣는 것은 처음이라 좀 불편했다. 그렇지만 사건의 진상을 밝히는 것이 제일 중요했기에 방해하지 않고 그냥 듣기만 했다.

"아, 그러니까 오해하면서 듣지는 말아. 내가 교회 싫어하고 뭐 이런 건 아니니까."

"네. 저 그런 생각 안 했어요."

"그러니까 뭐라더라? 아 맞다. 그러니까 그렇게 교회 가서 돈 좀 내고, 그 뭐라더라? 온유해져서 오잖아." 김지은 씨는 깔깔거리며 웃으며 말을 이어갔다.

"네? 온유요?"

"온유 몰라? 온유. 그러니까 마음에 평화를 얻고 오잖아. 예수쟁이들 일요일마다 정신 승리하고 오잖아. 허우덕 선생님도 평소에는 항상 미간에 주름잡고 인상 쓰고 다녔거든."

"그래요?"

"원래부터 건강이 안 좋아서 항상 어딘가 불편해 보였거든."

"그런데요?"

"교회만 갔다 오면 진짜 아주 평안해져서 오더라고."

"아. 아. 그래요?"

"근데 회개가 됐든 온유가 됐든 뭐 그런 걸 다하려면 역시 돈이 필요해요."

김지은 씨는 검지를 양옆으로 까딱까딱하며 빈정거리는 투로 말했다.

"아."

"돈도 안 내고 예배당에 앉아 있는데 목사님이 좋은 소리 나오겠어? 서로 좋은 소리가 나오겠냐고. 제대로 할렐루야 못 하는 거지."

김지은 씨는 크게 웃었다.

"아."

"은혜도 돈을 내야 받는 거야."

"네? 은혜요?"

"아무튼 자본주의 아냐? 기독교도 자본주의 사회에서 왔잖아. 권능도 돈에서 나오고 은혜도 돈에서 나온다고. 물건이건 정신 승리건 은혜건 뭐건 다 대가를 지불해야 한다고."

"아."

"근데 그 대가로 지불해야 할 돈이 없었던 거야."

"그래서 어떻게 했는데요?"

우리가 이야기를 나누고 있는데 놀랍게도 저쪽에서 낯이 익은 사람이 나타나서 나는 깜짝 놀랐다.

"아, 예신 쌤. 여긴 어쩐 일이야?"

"지은 쌤. 저 근처에 일이 있어서 가는 길이에요. 차 타고 가는데 도중에 지은 쌤이 보이길래."

"아, 어디 가요?"

"저 신도림 쪽이요."

"정말? 나 신도림 살잖아."

"잘됐다. 저도 마침 그쪽으로 가는 길이에요. 태워드릴게요."

"진짜? 민폐 아니야?"

"아니에요. 오랜만에 차에서 이야기도 나누고 저야 좋죠."

일부러 찾아왔는데 미안하다는 이야기를 남기고 김지은 씨는 하예신 씨의 흰색 모닝차를 타고 가버렸다.

⋮

'김은우'

김지은 씨는 그 일요일에 일어났던 일을 이야기하다 말고 가버렸다. 이번 사건의 시작은 그 일요일의 사건으로부터 시작된 거 같았다. 나는 이 사건을 객관적으로 설명해줄 수 있는 다른 사람을 찾아야 했다. 김지은 씨는 하예신 씨의 차를 타고 가버렸다. 허우덕 씨는 객관적으로 사건을 설명해 줄 수 없었다. 오미령 씨는 천안에 있었고 김하나 씨는 인천에 있었다. 나는 전화통화를 했던 김은우 씨를 찾아갔다.

김은우 씨는 카페에서 일을 하고 있었다. 카페는 부띠끄 가게가 몰려 있는 청담동에 있었고 커피 한 잔이 자그마치 만 오천 원이나 했다. 백 원이 아까워 자판기 커피를 뽑을 때도 항상 고급이 아니라 일반을 뽑는 나에게는 문화충격이었다. 뽀샤시한 피부와 잘빠진 역삼각형 몸매를 한 김은우 씨는 정장바지에 셔츠, 그리고 몸에 꽉 끼는 검정색 조끼를 입고 있었다. 머리를 뒤로 넘기고 정장을 한 모습은 고급 호텔에 있는 고급 지배인 같았다. 두 명씩 세 명씩 앉아 있는 여성 손님들은 김은우 씨가 서빙을 할 때마다 말을 걸고 붙잡아 두려고 했으며 아무런 얘기도 아닌데 까르르 웃음을 터뜨렸다. 나는 김은우 씨가 퇴근할 때까지 세 시간을 기다렸다.

"돈 때문에 사소한 다툼이 있긴 했었는데요, 저는 그 일로 허우덕 선생님이 최영근 선생님께 앙심을 품었다고 생각하지는 않아요."

"그날 어떤 일이 있었던 거예요?" 나는 사건의 정확한 정황을 김은우 씨에게 듣기로 했다. 아무래도 공정하게 사건을 바라보려면 사건의 강력한 용의자인 김지은 씨나 허우덕 씨가 사건을 재해석한 말을 듣는 것보다는 공정한 시각을 가지고 있는 김은우 씨의 말로 사건을 바라보는 것이 맞다는 결론을 내렸다. 강조하지만 김은우 씨가 잘생겼다거나 멋있게 느껴져서 그랬던 건 절대 아니다.

"그러니까 일요일 아침이었어요."

"네."

"일요일 아침마다 허우덕 선생님이 이상하게 긴장을 하시더라고요."

"네? 긴장을 하셨다고요?"

"네. 아침부터 교회 가려고 그 더운데 정장 입고 이것저것 분주하게 준비를 하셨고요."

"아, 정장을 입고 가셨나요?"

"네. 원래 교회 다니는 사람들 교회 갈 때는 예쁘고 멋있게 하고 가잖아요."

"그래요?"

"그래서 교회 가서 교회 오빠랑 연애한다, 뭐 이런 조롱도 생기는 거고. 근데 그런 게 다 교회 다니는 사람들 놀리려고 하는 말이고요.

다들 교회 갈 때는 최대한 단정하게 해서 가려고 그러는 거 같아요, 제가 보기에는."

"아, 그렇군요."

"네. 그러니까 그 더운데 양복에 조끼까지 갖춰 입고 아침마다 준비를 하시는데 교회 가실 때마다 항상 뭔가 불안해 보이셨거든요."

"허우덕 선생님이요?"

"네."

"근데 그런 건 어떻게 다 아세요?"

"제가 얘기 안 했었나?"

"네? 뭘요?"나는 모르는 척 물었다.

"우덕 선생님이랑 저는 같은 빌라 썼거든요. 방은 따로 썼는데 거실이랑 주방 이런 건 같이 썼어요. 그러니까 매일 매일 관찰했죠."

"네? 관찰이요."

"아. 말이 잘못 나왔네. 매일 매일 봤다는 말이에요. 특별히 관찰했다거나 한 건 절대 아니고."

"네? 그런데요?"

"근데, 그날 아침에는 특히나 좀 더 불안해 보이셨어요."

"어떻게요?"

"그러니까 그날 아침부터 거실에서 왔다 갔다 하시더라고요."

"네?"

"그러니까 똥 마려운 강아지처럼 거실을 왔다 갔다 하시더라고요."

"무슨 일이 있었던 건가요?"

그때 갑자기 김은우 씨 핸드폰 벨소리가 크게 울렸다.

"아, 잠깐만요 제가 중요한 전화가 들어와서." 이렇게 말하면서 김은우 씨는 손으로 핸드폰을 가리고 조용하게 전화 통화를 했다. 통화 중에도 나를 힐끔거리며 몇 번 쳐다보았다. 2분쯤 통화를 했을까 김은우 씨는 중요한 일이 있어서 가봐야 한다며 미안하다는 말을 남기고 자리를 떴다. 세 시간을 기다렸는데 내가 알고 싶었던 정보는 전혀 듣지 못했다. 그 전화 때문에.

⋮

'김지은'

짜증 나게 사람들은 일요일 이야기만 나오면 찔끔찔끔 정보를 흘리다가 자리를 비워버렸다. 나는 김지은 씨에게라도 일요일 사건에 대해 들어야겠다 싶어 김지은 씨가 사는 곳으로 향했다. 김지은 씨는 신도림에 있는 고시원 쪽방에 살고 있었다. 김지은 씨의 방은 도저히 두 사람이 대화를 나누기가 불가능할 정도로 좁았다. 그 좁은 방 곳곳에도 소주병이며 과자 봉지가 널려 있었다.

"그러니까 완전 개쪽팔렸을 거야."

"네?"

"그러니까 뭐라고 해야 하나, 다섯 살짜리 애가 엄마한테 엄마 오백 원만 했는데 용돈은 못 받고 욕만 먹은 표정이랄까, 뭐 그런 표정이었다니까. 미간에 주름도 잡히는 바람에 진하게 문신해 놓은 눈썹 두 개가 거의 다 붙을 지경이었는데, 웃지도 못하고 진짜." 이렇게 말하면서 김지은 씨는 다시 깔깔거렸다.

"그러니까 누가요?"

"누구긴 누구야, 허우덕 선생님이지."

"그러니까 무슨 쪽팔린 일이 있었는데요?"

"그러니까 돈을 좀 빌려달라고 했거든."

"네? 돈이요?"

"그러니까 최영근 선생님이 허우덕 선생님께 얼마? 어디 쓰게? 이렇게 물었거든, 진짜 엄마처럼."

"그런데요?"

"뭐 자세하게 기억은 안 나지만 그렇게 큰 금액도 아닌 돈을 빌려달라고 하니까."

"네."

"최영근 선생님이 어디 쓰냐고 물었거든."

"네."

"허우덕 선생님이 헌금해야 한다고 하니까." 김지은 씨는 터져 나오는 웃음을 막으려는 듯이 자기 손으로 입을 가리면서 말을 이어갔다.

"최영근 선생님이 헌금 그딴 거 다 교회에서 장사하는 거라고 완전 핀잔을 줬지 뭐야."

"아. 정말요?"

"교회 다니는 사람이라면 진짜 기분 나쁠 수밖에 없었을 거야. 죽이고 싶었을걸."

"그렇게 심하게 교인을 비하하셨나요?"

"내가 교회 비하하는 건 웃기려고 농담하는 건데 최영근 선생님은 진심 예수쟁이들 싫어하는 것 같더라고."

"그래요?"

"진짜 교회의 문제점에 대해서 10분 넘게 완전 일장 연설을 했다니까."

"다 있는 데서요?"

"그래. 예신 쌤까지 다 있는 데서 교회 욕을 얼마나 하던지."

"네? 예신 선생님까지 있었다니, 그게 무슨 말이에요?"

"어?"

"방금 예신 쌤이라고 하셨잖아요."

"아. 그게 예신 쌤도 기분 나빴겠지. 근데 표정은 방실방실 웃고 있더라고."

"네? 웃고 있었다고요?"

"말은 안 해도 기분 나빴을 텐데. 예신 쌤 엄청 독실한 기독교인이잖아. 부모님이랑 삼촌, 사돈에 팔촌까지 다 기독교 집안이야."

"그래요?"

"근데 그건 중요한 게 아니고."

김지은 씨는 서둘러 말을 다른 데로 돌리려고 했다. 나에게는 하에신 씨가 교회 비하 발언을 들었고 이게 중요한 사실이라는 의미로 들렸다.

"그때 허우덕 선생님 얼굴을 봤어야 하는데 진짜." 이제 김지은 씨는 입을 막은 손 사이로 마구 웃음을 터뜨리며 말했다.

"어땠는데요?"

"진짜 눈썹 문신이 땀에 번쩍거리고 손까지 떨고 난리도 아니었다니까. 양복에 조끼까지 입었는데 진짜 바짓가랑이 사이로 땀이 줄줄 흘러나오는 게 보이더라고."

"그렇게 까지요?"

"진짜라니까, 분노의 땀인지 아니면 부끄러워서 그랬는지 진짜 못 볼 정도였다니까."

"그래요?"

"근데 진짜 대단한 건."

"네, 대단한 거라니요?"

"우와 진짜 끝까지 포기를 안 하더라니까."

"네? 뭘요?"

"그 헌금 빌리는 거 말이야. 내가 진짜 교인들 그런 부분은 리스팩

트 한다니까. 왜 씨발, 그렇게 까이는 데도 계속 부탁하더라니까."

"아, 네."

"그래 진짜 한 삼십 분 넘게 매달리는데 나중에는 진짜 보는 사람들도 민망할 정도였다니까."

"그 정도였어요?"

"진짜라니까. 처음에는 웃겼는데 나중에는 나도 좀 안쓰럽더라고." 김지은 씨는 표정을 진지하게 바꿔서 말을 이어 나갔다.

"허우덕 선생님이 안쓰러웠다고요?"

"어. 그 나이에 돈 좀 빌려달라고 양복 입고 비는데."

"빌었어요?"

"빌지는 않았지. 근데 양복 입고 진짜 애걸복걸하는데 참. 앞에서 최영근 쌤은 반바지 입고 헌금 그딴 거 다 필요 없다고 하지 말라고 하고."

"그래서 결국은 빌려주셨나요?"

"아니, 끝까지 안 빌려주시더라고."

"안 빌려줬어요?"

"어. 삼십 분 동안 빌다가 애써서 다린 양복도 다 구겨지고 인상도 다 구겨져서 나가는데 나도 진짜 안쓰럽더라고."

"아."

"허우덕 쌤이 최영근 쌤보다 나이도 많잖아."

:

'김은우'

"허우덕 선생님이요?"

"네. 허우덕 선생님은 어떤 분이셨어요?"

"근데 그건 왜 물으세요?"

"아, 그냥요. 사건을 이해하는데 좀 도움이 될까 하고."

"루리 씨도 허우덕 선생님 의심하시는 거예요?"

"에이, 설마요. 그냥 사건에 등장하는 분들 전체적으로 알고 싶은 것뿐이에요."

"국제봉사단 사무실에서도 묻기는 했는데, 허우덕 선생님은 표면적으로 진짜 좋으신 분이에요."

"네? 표면적이라니요?"

"아, 이상하게 듣지는 마세요. 그러니까 진짜 예의 바르시고 남들한테 잘하고. 왜? 말투도 다정다감하고 나이 어린 사람들한테도 항상 공손하고. 왜? 교인들 그런 사람들 많잖아요."

"아, 네."

"진짜로는 무슨 생각하는지 모르겠지만." 이렇게 말하면서 김은우 씨는 잠시 바닥을 내려다보았다.

"그게 무슨 말씀이세요?"

"뭐 다른 뜻이 있는 건 아니고요."

이렇게 말하는 김은우 씨는 내 눈을 피하고 있었다. 내 눈길을 피한 김은우씨의 눈빛은 바닥을 기어가고 있었다.

"무슨 말씀이신지?"

내가 이렇게 묻자 김은우 씨는 다시 다정한 미소를 머금고 나를 쳐다보았다.

"어쨌든 허우덕 선생님은 저한테 진짜 잘해주셨어요."

"잘해주셨다고요? 어떻게요?"

"그러니까 음식 같은 걸 해도 항상 나눠주시고."

"매번이요?"

"허우덕 선생님은 매번 나눠주시려고 했는데, 제 입맛에 좀 안 맞기도 하고. 매번 저랑 같이 식사하고 싶어 하셨는데 같이 못 해서 좀 미안한 마음이 많았어요."

"혹시 허우덕 선생님 싫어하시거나 그런 건가요?" 나는 돌직구를 한 번 던져보았다.

"아, 아니요. 그런 건 아니에요." 김은우 씨는 다시 바닥을 내려다보았다.

"그럼 허우덕 선생님 요리가 그렇게 맛이 없었던 건가요?"

"아뇨, 그런 게 아니라, 허우덕 선생님이 건강이 좀 안 좋으시거든요."

"건강이요?"

"네. 그러니까 사무소에 비밀로 하고 오셨는지 모르겠지만."

"해외파견 단원은 신체검사를 통과해야 하는 거죠? 그때 거짓말을 하신 건가요?"

"아니, 저는 자세하게는 몰라요. 그럴 수도 있다는 거죠."

"아, 네."

"허우덕 선생님은 건강이 많이 안 좋으신지 진짜 간을 하나도 안 한 음식만 드시더라고요. 그리고 식재료 같은 것도 다 한국에서 가져오셨어요."

"네? 간이 하나도 안 돼 있었다고요?"

"네. 진짜 그냥 물에 잡곡 넣고 끓여서 먹는다고 생각하면 돼요."

"진짜요? 그럼 죽 끓여서 간장 같은 거 좀 부어서 먹는 건가요?

"아니요. 간장도 염분이 있으니까 일절 안 드시더라고요."

"네? 그럼 무슨 맛으로 먹어요."

"국물에 양념을 넣기는 하는데, 그게 또 몸에 좋다는 들깨에요."

"네? 소금 같은 건 전혀 없이요?"

"진짜 전혀 없이. 들깨 칼국수 이런 것도 소금이나 간장 같은 게 들어가니까 맛이 있는 거거든요. 진짜 소금 한 톨 없이 들깨만 있으니까 무슨 개죽도 아니고 진짜 맛이란 게 하나도 없더라고요."

"와 진짜요?"

"그러니까 건강이 진짜 안 좋으셨다는 거죠."

"일반 음식물을 소화 못 시키시는 건가요?

"그렇다고 봐야죠. 아까도 말씀드렸다시피 저는 자세한 사정은 몰라요. 그냥 제가 관찰하기에는 그랬다는 거예요."

"아."

"그러니까 허우덕 선생님이 음식을 해서 같이 먹자고 해도 같이 먹을 수가 없었어요. 진짜 미안한 말이지만 맛이 하나도 없어서."

"그럼 허우덕 선생님은 혼자 드셨나요?"

"네. 우리는 우리끼리 먹고 허우덕 선생님은 혼자 드셨죠."

"뭐 왕따 그런 건 아니죠?"

"그것도 사무소에서 묻던데 진짜 그건 아니고요. 우리랑 먹는 것 자체가 달랐다니까요. 저희가 의도적으로 따돌리고 그런 건 전혀 없었어요. 그럴 이유도 없었고요."

"네."

"평상시에는 진짜 불편해 보이셨어요."

"그래요?"

"네. 아마 교회가 없으면 진짜 못 버틸 거 같으셨어요."

"교회요?"

"평상시에는 건강 때문에 항상 잠도 잘 못 주무시고 잘 드시지도 못하고 힘들어하셨거든요. 근데 교회만 갔다 오면 진짜 다른 사람이라 싶어질 정도로 활력이 넘치셨어요."

"네?

허우덕 선생님은 한국에서 쌀과 모든 식재료를 가져왔다고 한다. 해외봉사 단원들은 임지에 파견을 갈 때 보통 여행객보다 40kg이나 많은 60kg의 수화물을 가져갈 수 있는데 보통은 이 60kg을 초과하는 경우는 없다고 한다. 하지만 허우덕 선생님은 엄청난 양의 쌀과 식재료로 이 60kg을 초과해서 다른 단원의 수화물에다가 자기 짐을 실을 정도였다고 한다. 이렇게 엄청난 식재료를 챙겨온 덕분에 다른 단원들과는 달리 허우덕 선생님은 최영근 선생님의 도움을 크게 필요로 하지 않았다고 한다. 그 일요일 헌금 사건이 일어나기 전까지는. 그리고 교회만 갔다 오면 다른 사람이라 싶어질 정도로 활력이 넘쳤다는 말은 사건 해결의 결정적인 단서가 된다.

"저는 다른 사람들이 뭐라 하든지 허우덕 선생님 항상 좋게 생각했어요. 샤워장 일도 있었고."
"샤워장 일이라니요?"
"아, 라오스가 공산품이 진짜 조악하거든요."
"공산품이라니요."
"그러니까 세숫대야부터 변기 뭐 그런 것들이 진짜 조금만 세게 눌러도 부서질 것 같은 퀄리티거든요."
"그래요?"
"진짜 제가 샤워하고 있었는데."
"네."

"왜, 외국에는 샤워하는데 둥근 유리 칸막이 문 같은 걸로 막고 하잖아요."

"그래요? 저는 외국에 안 나가봐서."

"아, 그러세요? 죄송해요. 간단하게 설명해 드리자면 욕실 바닥에 우리나라처럼 물 빠지는 구멍이 없으니까 화장실에 샤워하는 공간을 유리문으로 막아놨거든요. 그 유리문으로 막은 공간에만 물 빠지는 구멍을 만들어 놓고."

"아, 진짜요?"

"네. 그러니까 샤워하러 들어가면 유리문을 밀어서 닫아야 밖으로 물이 안 튀거든요."

"네."

"근데 라오스 미닫이 유리문이 진짜 조악해요."

"네."

"내가 한번은 옆으로 밀어서 여는 걸 깜빡하고 밖으로 민 적이 있어요."

"그랬는데요?"

"그랬는데 이 유리문이 갑자기 튕겨 나가면서 와장창 다 깨진 거예요."

"정말요?"

"정말이라니까요. 이 샤워시설 바닥이랑 천장에 유리문을 움직이게 하는 장치도 엉성하고 뭣보다 이 유리문이 바닥에 닿자마자 와장창하고 산산조각이 나더라니까요."

"와, 정말이요?"

"네. 저도 처음엔 이게 뭐지, 하고 안 믿기더라고요. 다른 사람들도 그 소리를 듣고 옆 건물에서 누가 총 쏜 줄 알았데요."

"진짜 그랬겠다."

"유리가 깨지고 난 다음이 더 황당했죠. 샤워하는 중이었으니까 발가벗고 뭐 어떻게 해야 할지도 모르겠고. 유리가 깨지면서 안으로 튀기도 해서 몸 곳곳에 피도 나고."

"와, 정말 많이 놀랐겠어요."

"진짜 당황스럽더라고요. 그래서 진짜 어떻게 할 줄 모르고 가만히 서 있는데."

"샤워실 안에서요?"

"네. 나갈 수가 없죠. 욕실 바닥 구석구석에 유리 파편이 지뢰처럼 깔려 있는데."

"발가벗고요?"

"뭐 옷을 입을 수 있는 상황이 아니죠."

"아이고."

"그때 허우덕 선생님이 들어오셨는데."

"네."

"우덕 선생님이 유리 조각들 하나하나 다 치워주시고. 닦을 것도 주시고. 이것저것 진짜 도와주셔서."

"와."

"우덕 선생님이 착한 사람은 진짜 착한 사람이에요."

"네? 그게 무슨 말씀이세요?"

"그러니까 평소에는 진짜 이런 사람 없다 싶어질 정도로 착한 사람이에요."

"네? 그런데요?"

"근데 다른 모습이 있는지는 아무도 모르죠. 특히나 약을 잊어먹고 안 챙겨 드셨을 때는 특히나."

"네?"

나는 김은우 씨가 왜 그런 말을 하는지 몰랐다. 진짜 범인이 밝혀질 때까지는.

⋮

'허우덕'

"아. 그 샤워장 사건?"

"그건 내가 뭐 착해서 그런 게 아니고. 그때 나도 황당했어요."

"그래도 대단하세요. 그 유리 조각을 하나하나 손으로 다 치우셨다면서요."

"내가 한 게 뭐 있어. 하나 쌤이 고생했지."

"네?"

"하나 쌤이 은우 쌤 몸에 박힌 유리 조각들 하나하나 다 빼주고 소독도 해주고 약도 발라주고 했잖아."

"네?"

"은우 쌤이 그런 이야기는 안 해요? 하나 쌤이 자기 방에 재우면서 며칠 동안이나 보살펴 줬는데."

"네?"

김은우 씨는 자신이 다쳤을 때 김하나 씨가 보살펴 주었다는 이야기는 전혀 하지 않았다. 그리고 김하나 씨가 김은우 씨를 자기 방에 재우면서 며칠 동안이나 보살펴 주었다는 이야기는 전혀 새로운 이야기였다. 나는 김은우 씨와 김하나 씨가 그렇게 가까운 사이인지는 전혀 모르고 있었다. 그리고 김은우 씨는 샤워하다가 온몸에 상처를 입었다고 했는데 온몸에 박힌 유리 조각을 빼내고 소독했다면 보통 가까운 사이가 아닐 거 같았다. 나는 김하나 씨의 가게에 가서 이 일을 확인해보고 싶었다. 최영근 씨 살인사건에 아무런 연관이 없을 수도 있지만 내 측으로는 둘의 관계가 사건에 어떻게든 연관이 있어 보였다.

⋮

'김하나'

김하나 씨는 그날도 가게에 혼자 있었다. 내가 찾아간 시간은 술집이 문을 열기에는 조금 이른 시간이라 김하나 씨는 가게 테이블에 혼자 앉아 있었다. 김하나 씨 앞에는 안주도 없이 빈 소주병 두 병과 맥주잔에 가득 차 있는 소주가 있었다. 내가 들어가는 소리가 들리자 김하나 씨는 후딱 테이블을 치웠다. 얼굴이 벌게진 채 나를 돌아보며 미소를 지었다. 김하나 씨가 등으로 가리고 있었지만 나는 분명히 보았다. 맥주잔에 가득 차 있던 소주를 자신의 텀블러에 채우고 그 텀블러에 빨대를 꽂아 주방으로 들어가는 모습을. 내가 김하나 씨에게 다가가려고 하는데 김하나 씨가 일하는 곳에 의외의 인물이 있었다. 바로 하예신 씨가 화장실에서 나오고 있었던 것이다.

⋮

'허우덕'

정말 이상했다. 하예신 씨는 내가 다른 단원들을 찾아가는 곳마다 존재를 드러냈다. 나는 어떤 불길한 감정에 사로잡혀 바로 김하나 씨의 가게를 도망치듯 나왔다. 김은우 씨와 김하나 씨의 관계에 대해서는 아직 아무것도 밝혀진 것이 없었다. 그리고 이제부터는 사람들을 찾아가는 것 보다는 불시에 전화하는 것이 좋을 것 같다는 결론을 내렸다. 나는 작은 실마리라도 알 수 있을까 해서 허우덕 씨에게 전화를 걸었다.

"근데 루리 씨는 왜 이렇게 자주 연락하시는 거죠?"
"이게 자주인가요? 하하하." 나는 억지로 웃었다.

"그러니까 그 일요일 사건 때문에 나를 의심한다는 거잖아요."

"그런 건 아니고요."

"도대체 그 사건은 누구한테 들은 건데요? 그리고 블로그 기자라면서요? 5만 원 받고 국제봉사단 홍보 기사 써준다고 하지 않았나요?"

"네,"

"근데 지금 도대체 뭐 하고 있는 건가요?"

허우덕 씨가 필요 이상으로 흥분하는 모습을 보여 나는 그동안에 있었던 일을 상세하게 말할 수밖에 없었다. 우리 오빠가 바로 안전 담당했던 국제봉사단 라오스 사무소 직원이다. 오빠가 라오스에서 무슨 일이 있었는지는 몰라도 집에서 아무 말도 하지 않고 처박혀 있다. 청각장애가 있는 오빠가 라오스에서 일하게 되었을 때 기뻐했던 모습이 아직도 기억이 생생하다. 그런 오빠가 방에 처박혀 나오지 않는 모습을 가만히 보고만 있을 수 없었다. 나는 이런 말을 하다가 울컥해서 거의 울음 반 소리 반으로 말을 이어갔다. 내 사정을 자세히 듣던 허우덕 씨는 사건 전개의 핵심적인 일을 폭로해주었다. 바로 김은우 씨가 말했던 그날 밤에, 김하나 씨 그리고 김지은 씨 그리고 김은우 씨 세 사람 사이에 일어났던 일이었다.

"그리고 사망 사실을 제일 먼저 확인한 것도 김지은 씨였잖아요."

"확실한 사실인가요?"

"네. 최영근 씨가 죽은 걸 처음으로 발견한 사람이 김지은 씨였다고요."

나는 김하나 씨와 김은우 씨 그리고 김지은 씨, 이 젊은 남녀들 사이의 관계가 최영근 씨 살인사건에 깊게 연관이 있을 수도 있다는 의심을 하고 있었다. 이제 이 가설이 형태를 갖추기 시작했다. 내가 감정에 휘둘러서 세 남녀 간의 문제에 집착하고 있을 수도 있었다. 하지만 나는 모든 살인사건은 사랑이나 질투 같은 감정에 기인한다는 드라마에 나온 말을 믿고 있었다. 하지만 그때까지는 김하나 씨와 김은우 씨 그리고 김지은 씨 사이에 문제가 되었던 사랑이라는 감정이 어떻게 최영근 씨의 살인사건으로 이어지는지는 도무지 감이 잡히지 않았다.

⋮

'김하나'

나는 바로 김하나 씨에게 전화를 걸었다.

"잠깐만요. 지금 손님이 와계셔서."

내가 방금 김하나 씨의 가게에 들른 길이었다. 분명 가게에는 손님은 없었다. 나는 김하나 씨의 가게 앞에서 전화하고 있었다.

"지금 통화 어려우세요?"

"지금 손님이 계셔서 혹시 오늘 저녁에 다시 전화해 줄 수 있으세요?"

김하나 씨가 말하는 손님이라는 사람은 라오스에서 같이 봉사 활동했던 하예신 씨가 확실했다. 나는 방금 김하나 씨가 일하는 곳에 하예신 씨가 있다는 사실을 눈으로 확인한 참이었다. 그리고 저녁에 다시 전화를 걸면 사건의 실마리를 고백할 거 같다는 예감이 들었다. 하예신 씨가 들으면 안 되는 내용을 나에게 말해줄 거 같았다.

⠇

'오미령'

저녁이 될 때까지 가만히 앉아 있을 수 없었다. 나는 오미령 씨에게 전화를 걸었다.

"다른 사람들 말씀 들어보셨죠?" 오미령 씨는 이제 확신에 찬 목소리로 이야기를 시작했다.

"아무리 그래도 김지은 씨가 최영근 씨를 죽였다는 건 이해가 되지 않는데요."

"저도 김지은 선생님이 최영근 선생님을 죽였다는 건 아니에요. 근데 의심해야 한다면 김지은 씨가 제일 의심스럽다는 거죠. 최영근 선생님이랑 김지은 선생님이랑 얼마나 가까웠는지 아셨잖아요."

"그건 그렇죠."

"김지은 선생님이 최영근 선생님 방에 자주 출입했다는 사실도 아셨죠?"

"네. 그것도 확인했어요."

"그리고 저희 돈 문제에 관한 사실도 다 들으셨죠?"

"네. 그것도 자세하게 들었어요."

"제일 처음에 최영근 씨의 사망을 확인한 것도 지은 선생님이었잖아요."

"네. 그렇죠."

"근데 뭐를 더 확인할 게 있죠?"

확실히 누군가가 최영근 씨를 죽였다면 그건 김지은 씨일 확률이 가장 높았다. 다들 돈이 없는 상황에서 김지은 씨가 최영근 씨를 따라다녔다는 것도 사실이고 김지은 씨가 최영근 씨의 방에 자주 드나들었다는 사실도 확인되었다. 그리고 최영근 씨의 죽음을 제일 먼저 보고한 것도 김지은 씨였다. 하지만 이해되지 않는 부분이 하나 있었다. 과연 김지은 씨가 최영근 씨를 왜 살해했느냐였다. 살인의 동기가 없었다. 사실 김지은 씨의 입장에서는 라오스에 머무는 동안 최영근 씨와 오랫동안 같이 있는 게 가장 좋은 시나리오가 아닐까? 김지은 씨, 김하나 씨 그리고 김은우 씨의 삼각관계에 최영근 씨가 어떻게 관련되어 있을까? 나는 다시 김지은 씨를 찾아갔다.

:

'김지은'

"아니 웬일이야? 술을 다 산다고 하고, 학생이 돈이 어디 있다고. 아, 나 반말해도 되지? 나이도 내가 많은 거 같으니."

'저기요, 옛날부터 반말하고 계셨는데요,' 라고 하는 말은 김지은 씨를 보고 쑥 들어갔다. 김지은 씨는 미니스커트에 가슴골이 다 패인 탱크탑을 입고 나왔다. 가슴골 위로 빨간색 악마 타투가 삐죽이 얼굴을 내밀고 있었다. 자세히 보니 빨간색 뿔이 달린 악마는 왼손에 뾰족한 창을 하늘 위로 치켜세우고 있었다.

"아, 네. 물론이죠. 저 아직 졸업도 못 했어요. 말씀 편하게 하세요."

"학생이면 공부나 하지 왜 이런 일을 자꾸 캐묻고 다녀?"

"그게 제가 국제봉사단 블로그 기자라서."

"그러니까 기자도 아니고 블로그 기자라며! 누가 시켜서 이런 거 알아보는 거야? 국제봉사단 본부에서 시켜서?" 김지은 씨는 내 눈을 똑바로 바라보면서 물었다. 김지은 씨의 눈동자가 희미하게 떨리고 있었다.

"아니요. 그건 아닌데."

"그럼 이런 거 자꾸 물어보고 하지 마. 별로 좋은 일도 아니고."

"아, 네. 오늘은 그 사건에 관해서 물어보려고 만나자고 한 거 아니에요. 저번에 취재 도와주신 것도 고맙고 해서."

"그래? 뭐 취재비 같은 게 나오는 거야? 법인카드 같은 게 나오는 거?"

"뭐 카드 이런 게 나오는 거는 아니지만 취재비 비슷하게 좀 나오기는 해요."

사실 취재비라고 해봤자 국제봉사단 블로그에 기사를 올리면 오만 원씩 나오는 활동비가 다였다.

불판에는 삼겹살 3인분이 지글지글 소리를 내며 타오르고 있었다. 옆에는 벌써 소주가 세 병이나 있었다. 오만 원으로 고기와 술을 사 버리면 하나도 남는 것이 없을 것 같았다. 나는 고기를 굽는 척하면서 최대한 야채만 깨작깨작 집어 먹었다. 사실 이번 최영근 씨의 살인사건의 실제 범인을 밝힌다고 해도 나에게 득이 될 것은 하나도 없었다. 그리고 이런 일을 국제봉사단 홍보팀이 블로그에 게시하라고 허락할 가능성도 없었다. 그러니까 나는 내 돈 쓰면서 삽질을 하는 거였다. 하지만 나는 잊을 수 없다. 국제봉사단 인턴이 됐다고 몇 날 며칠을 기뻐한 오빠의 모습을. 떠난 지 삼 개월도 안 되어 잘리고 방 안에 틀어박힌 오빠의 모습을. 국제봉사단 영월교육원에서 장례식까지 따라가서 눈물만 줄줄 흘리고 있던 오빠의 모습을. 이것들이 내가 최영근 씨 살인사건을 추적하는 동기라면 동기였다.

"그러니까 오늘은 그냥 술이나 먹자고?"

"아 네. 물론이죠. 저도 더 이상 최영근 씨 일에 관해서는 관심 끄려고요." 나는 김지은 씨가 묘하게 경계하는 태도를 누그러뜨리려고 이렇게 말했다.

이야기는 자연스럽게 우리 두 사람의 이야기로 넘어갔다. 술이 좀 들어가니 나는 내 개인사정에 대해서 이야기하기 시작했고, 알고 보니 우리는 비슷한 가정환경에서 자랐었다. 심지어 대학에서 전공도 같은 신문방송학과였다. 김지은 씨는 특이하게 여중, 여고를 졸업하고 대학도 여대로 진학했다. 나름의 사정이 있는 것 같았다.

"그러니까 아빠 이야기하자면 긴데 내가 지금 이렇게 사는 것도 다 아빠 때문이라고 해야 돼."

김지은 씨는 소주를 연거푸 두 잔 들이켜고 말을 꺼냈다.

"네? 그게 무슨 말씀이세요?"
"그 인간 이야기하자면 긴데, 나 그 인간 때문에 이 모양 이 꼴로 살잖아." 김지은 씨가 들고 있던 술잔을 탁 내려놓으며 한숨을 쉬었다.
"그 인간이라면?"
"누구긴 누구야. 우리 아빠라는 인간이지."
"아."

"그 인간 때문에 정신병원까지 다니는 거고."

"네? 정신병원이요?"

"우울증이래."

"네? 우울증이요?"

김지은 씨는 한 번도 친모를 본 적이 없다고 한다. 김지은 씨 아버지의 폭력에 견디다 못한 김지은 씨의 친모는 김지은 씨가 제대로 세상을 보기도 전에 김지은 씨의 곁을 떠났다. 도저히 혼자서 딸을 키울 자신이 없었던 김지은 씨의 아빠는 재혼을 결심했다. 김지은 씨의 아빠가 재혼한 상대는 초등학생 아들이 딸린 이혼녀였다. 김지은 씨는 초등학교에 입학하기 전까지는 새엄마를 친모로 알았다. 하지만 이상하게도 아기 때부터 엄마라는 말이 잘 나오지 않았다고 한다. 그러다가 초등학교에 입학했을 때 자신이 믿고 있던 엄마가 자신의 엄마가 아니고 오빠도 자신의 오빠가 아니라는 사실을 알았다. 그때부터 김지은 씨는 집안에서도 엄마와 오빠를 피해 다녔다. 옷을 갈아입을 때도 문을 꼭 잠그거나 화장실에 들어가서 갈아입었다. 자신의 유일한 가족은 아빠밖에 없다고 생각했다. 그리고 그때부터 아빠에 대해서 집착하기 시작했다. 처음에는 김지은 씨의 아빠도 딸을 챙기려고 했다. 하지만 아빠만 보면 옆에 꼭 붙어 있으려고 하고 밤에도 아빠와 같이 자려는 김지은 씨를 떨쳐낼 수밖에 없었다. 밤에 김지은 씨가 들어오지 못하게 안방 문을 잠갔다. 김지은 씨는 밤마다 울었다. 김지은 씨의 아빠는 미안한 마음에 김지은 씨에게 이것저것 사주기 시작했다. 공사장에서 막노동을 하는 김지은 씨의 아빠는 항상 현금을 들고 다녔고 김지은 씨가 필요한 것은 무엇이든지 사주려고 했다. 집에는 학용품이며 인형이 쌓여갔다. 김지은 씨의 새엄마에게 남편이 사 오는 선물은 불필요한 지출이었다. 이것이 김지은 씨와 새엄마의 관계가 서서히 나빠지는 계기가 되었다. 김지은 씨와 새엄마가 싸울 때마다 다행히도 김지은 씨의 아빠는 김지은 씨의 편을 들어주었다. 하지만 어느 날 밤 화장실에 가는 길에 김지은 씨는 아빠와 새엄마가 둘이서만 하는 말을 들었다.

"글쎄, 나는 아빠가 끝까지 내 편인 줄 알았는데. 근데 엄마랑 둘만 있으니까 내 욕을 하고 있더라고. 그러니까 조금만 더 크면 기숙사든 어디든 보내 버리자고. 나 때문에 자기 둘 사이가 방해받는다고. 그렇게 아빠가 이야기하더라고. 내 친아빠라는 사람이 말이야." 김지은 씨가 들고 있던 소주잔이 부르르 떨리며 안에 든 소주가 반이나 더 바닥으로 흘렀다.

⋮

'김은우'

"그러니까 계속 잘해주고 그래서 절대적으로 신뢰하는 대상에게 배신당하면 그게 크다니까요."

김은우 씨의 말에 따르면 김지은 씨는 라오스에서 최영근 씨를 절대적으로 믿었다고 한다. 처음에는 남자들을 대하는 김지은 씨의 태도가 이상했다고 한다.

"처음에는 이상하게 남자들한테만 까칠하게 대하는 거예요. 우리한테 하는 말이나 행동이 여자들한테 하는 행동이랑 너무 다르다고 할까? 그러니까 우리가 하는 말은 무조건 못 믿는 거예요. 남자들이 하는 말은 들으려고 하지도 않고."

"김지은 씨가요?"

"네. 그러니까 저도 자세한 사정은 잘 모르는데. 일단 남자들이라면 색안경을 끼고 보는 거예요."

"이유도 없이요?"

"이유는 저도 잘 모르겠고요. 저랑 김지은 씨는 안 친했으니까. 내가 친하게 지내려고 노력해도 잘되지 않았어요. 그러니까 내가 잘해 주려고 해도 전혀 그걸 받아들이지 않는 거예요. 나는 다 잘 지내고 싶으니까, 그리고 어찌 됐든 우리는 라오스에서 계속 같이 붙어 있어야 하니까 저는 다 잘 지내려고 했어요. 안 그러면 피곤해지니까. 근데 김지은 씨가 진짜로 마음의 문을 열지 않더라고요"

"계속이요?"

"근데 최영근 선생님한테는 좀 틀렸어요. 아니지. 틀렸다는 이런 단어 쓰면 김지은 씨 같은 사람이 화내지. 김지은 씨 태도가 최영근 선생님한테는 좀 달랐어요."

"저는 괜찮아요. 그런 단어에 쉽게 불편해하지 않으니까. 근데 아까 하던 말씀 좀 자세하게 들려주세요. 선생님한테 하는 거랑 최영근 선생님한테 하는 게 달랐다고요? 어떻게 달랐다는 거죠?"

"그게 처음에는 최영근 선생님한테도 일반 남자들이랑 별다를 거 없이 대했어요."

"그러니까 못 믿었다는 건가요?"

"그렇죠. 그러니까 최영근 선생님이 기본적으로 여자애들한테 다 잘해주려고 했어요. 아무래도 나이도 많으시고 이삼십 대 여자애들한테 아빠같이 대하라고 하시고. 또 사무실에서 생활비가 지급이 늦어졌잖아요. 다들 돈이 없는 상태에서 혼자 돈을 많이 들고 오시고 하셨으니까."

"네? 아빠같이 대하라고 하셨다고요."

나는 이 아빠같이 대하라고 했다는 말에서 뭔가 불안한 느낌이 들었다.

"네. 그렇게 여자애들한테 말씀하시고 다니셨어요. 저희가 공동 생활비로 진짜 절약하면서 살았거든요. 상황이야 어찌 됐든 아무래도 최영근 선생님께 돈을 빌리고 있는 입장이었으니까."

"그렇겠죠."

"그래서 최영근 선생님이 여자애들한테 먹고 싶은 거나 필요한 게 있으면 다 자기한테 말하라고 하셨거든요."

"다 사준다고요?"

"네. 뭐, 남자들한테도 잘해주셨으니까. 저는 불만은 없어요. 물론 허우덕 선생님한테는 어떻게 해주었는지 모르겠지만 저한테는 잘해주셨거든요. 남자들한테도 잘해주고 여자애들한테도 잘해주셨으니까 뭐 저는 이상하게 생각하지는 않았고요."

"아, 네."

"하여간 최영근 선생님이 자기는 딸같이 생각하니까, 여자애들이 필요한 걸 사주신다고 말씀하시고 다니셨거든요."

"그래서 여자 단원들이 최영근 선생님께 뭐 부탁 같은 걸 하고 그러셨나요?"

"그게 다른 애들은 그렇게까지 개인적으로 부탁하고 그런 건 없었어요."

"그런데요?"

"그런데 김지은 선생님은 좀 필요한 게 많으셨어요."

"네? 필요한 게 많다니요."

"저는 자세히는 잘 모르지만, 밤에 놀러 다니는 걸 좋아하더라고요."

"좀 자세하게 말씀해 주시면?"

"그러니까 주말에 술도 먹으러 가고 뭐 그런 걸 좋아하시더라고요."

"네? 라오스에도 그런 게 있어요?"

"아이고, 찾으려면 다 있죠. 가격이 비싸서 그렇지."

"비싸나요?"

"외국 사람들이 가는 호텔 술집이나 분위기 좋은 프랑스 식당 같은 게 다 있죠."

"그런 걸 다 하신 건가요? 최영근 선생님 돈으로?"

"제가 김지은 선생님을 나쁘게 말하려고 하는 건 아니에요."

"아, 네. 저도 그런 의도로 질문하는 건 아니에요."

"저도 둘이 뭘 했는지 자세히는 몰라요. 근데."

"네, 근데?"

"근데 그런 게 보이잖아요."

"네? 보이다니요? 뭐가요?"

김은우 씨는 내 눈을 피하더니 천장을 보며 계속 말을 이어갔다.

"그러니까 머리 색깔도 바꾸고 파마도 하고 옷도 사고 또 하루는 네일아트도 하고 왔더라고요. 그게 다 보이잖아요."

"아, 그건 그렇죠."

"그러니까 다른 여자애들은 머리 커트도 안 해서 부스스하게 다니는데 혼자 네일하고 머리하고 다니면 확실히 표시가 나잖아요."

"그건 그렇죠."

"그러니까 혼자 잘 먹고 잘 놀고 다녔다는 거예요. 또."

"네? 또, 라니요?"

"그러니까 라오스 맛집, 라오스 디저트 이런 게 김지은 선생님 인스타에 계속 올라오더라고요."

"아, 인스타 업데이트도?"

"그렇죠. 좀 개념 없죠? 아니 그러니까 제가 김지은 선생님이 특별히 개념 없다고 말씀드리는 건 아니고요."

"아, 네. 저도 그런 식으로는 생각 안 했어요."

"그러니까 봉사단원이 저개발국에 봉사하겠다고 국가지원을 받고 와서는 네일하고 머리 염색하고, 디저트다 뭐다 이런 맛집 찾아다니고 좀 그런 게 좋게 보이지는 않거든요."

"아, 그렇죠."

"근데 김지은 선생님이 계속 그러고 다니시더라고요."

"아, 네."

"그러니까 모두 생활비도 못 받고 있는데 그러시니까, 생활비를 받는다고 해도 한 달에 오백 달러거든요."

"오백 달러면?"

"그러니까 한국 돈으로 오십만 원 조금 넘어요."

"아, 오십만 원으로 한 달을 사시는 거예요?"

"그러니까 라오스 물가 수준이 우리나라 한 1/5 정도 돼요."

"아."

"그러니까 뭐 럭셔리하게 살지는 못하지만 먹을 거 먹고 다닐 데

다니고 살 수는 있어요.”

“아, 네.”

“근데 네일하고 맛집 찾아다니고 그런 건 못하죠.”

“라오스도 맛집 같은 게 많이 있나요?”

“아이고, 엄청 많죠. 우리가 라오스 수도인 비엔티엔에 있었으니까. 라오스가 또 프랑스 식민지였던 건 알죠?”

“네. 저도 인터넷에서 봤어요.”

“그러니까 프랑스 관련해서 엄청 많거든요.”

“프랑스 관련해서라면? 저는 해외여행 이런 거 한 번도 못 해봐서.”

“그러니까 마카롱 같은 거 파는 데도 엄청 많아요.”

“마카롱이요? 마카롱이 프랑스 거예요?”

김은우 씨는 내 얘기를 듣더니 약간 벙찐 표정을 지었다. 다시 억지 미소를 지으면서 이야기를 이어갔다.

“그러니까 젊은 여자애들이 좋아하는 데가 엄청 많아요. 돈만 있으면 찾아갈 데는 많죠.”

“비싸나요?”

“어휴. 그런 데는 엄청 비싸죠. 일반인들이 길거리에서 천원도 안 되는 밥을 먹는가 하면 그런 프랑스 식당은 한 끼에 십만 원 넘어가는 곳도 있어요.”

"네? 몇 명에요?"

"물론 1인분이죠. 풀코스로 먹으려면 인당 십만 원은 기본이죠."

"우와 진짜 비싸네요."

"십만 원짜리 하이티 같은 거 파는 데도 많아요."

"하이티요? 그게 뭐예요? 그게 뭔데 그렇게 비싸요?"

"그러니까 디저트 먹고 차도 마시고 샴페인도 마시고 하는 거죠."

"네? 마시는 차가 그렇게 비싸요?"

"음. 그러니까 에프터눈 티랑 비슷한 거예요."

"네? 에프터눈 티요? 제가 그런 거 한 번도 안 먹어봐서."

"음. 그러니까 하이티는 굳이 차가 아니고요. 스파클링 와인 같은 것도 나오고 디저트도 이제 층층이 삼층으로 하나씩 맛볼 수 있게 나오고."

"아, 그러니까 술이랑 달달한 거 먹고 이러는 건가요? 그게 그렇게 비싸요?"

"그러니까 샴페인 같은 게 일단 좀 비싸고요. 그렇게 금색 트레이 같은 걸로 잘 장식돼서 디저트도 많이 나오고요."

"우와 다 금으로 만든 거예요?"

"음. 그러니까 진짜 금으로 만든 건 아니고요. 디저트가 그렇게 잘 장식돼서 나온다는 말이죠."

"아, 네."

"그러니까 제가 하고 싶은 말은 하이티나 프랑스 식민지 이야기가 아니고."

"아, 죄송해요. 제가 그런데 안 가봐서 호기심이 생겨서."

김은우 씨는 커피를 한 모금 들이켠 후 정색한 후 다음과 같은 말을 던졌다.

"그러니까 진짜 중요한 사실은 봉사단원이 라오스에서 그런 사치를 즐겼다는 거지요. 그리고 자기 돈도 아니고 남의 돈으로요."

"아."

"근데 그렇게 잘 지낸다 싶었는데, 갑자기 김지은 선생님이 하루아침에 최영근 선생님을 본채만 채 하시더라고요."

"네?"

"진짜 하루아침이었어요. 전날까지는 둘이 잘 지냈는데, 다음 날 아침부터 최영근 선생님을 무슨 바퀴벌레 보는 것처럼 하더라고요."

"네? 김지은 선생님이요?"

"네. 그렇다니까요. 진짜 전날까지는 잘 지냈는데, 다음 날 아침부터 완전 쌩까는 거예요."

"진짜요?"

"네. 그럴 때 남자 입장에서는 진짜 환장하죠. 제가 최영근 선생님한테 물어봤는데 자기도 모른다고 하고."

"밤에 둘이 무슨 일이 있었던 건 아닐까요?"

"에이."

"혹시 두 분이 밤에 불미스러운 일이 있었던 건 아닐까요?"

"에이, 아니에요."

"그건 또 모르죠. 저는 아까 최영근 선생님이 말씀하신 딸 같다는 말이 진짜 수상하거든요. 사람들이 어린 여자를 성폭행할 때 그런 말을 많이 쓴대요."

나는 필요 이상으로 흥분을 해서 말을 이어갔다. 내가 공격적으로 나오자 김은우 씨는 몇 번 아니라고 부인하다가 내가 계속해서 가설을 쏟아놓자 이 사건 전개의 결정적인 실마리를 내뱉고 말았다.

"아니에요. 그건 확신할 수 있어요. 그날 밤에 김지은 선생님은 저랑 같이 있었거든요."

"네?"

"그게⋯." 김은우 씨는 자신도 말실수했다는 것을 깨달았는지 얼굴이 벌게져서 고개를 돌려버렸다.

"그러니까 선생님이랑 김지은 선생님이랑 사건이 일어난 그날 밤에 같이 계셨다고요?"

:

'김하나'

내가 김은우 씨와 이야기하고 있는데 갑자기 내 핸드폰이 울렸다. 김하나라는 이름이 떠 있었다. 나는 약속이 있는 걸 깜빡했다고 둘러대고 서둘러 김은우 씨와 헤어졌다. 서둘러 조용한 곳으로 가려고 하다가 다가오는 차에 부딪힐 뻔했다. 하얀색 모닝차였다. 나는 머리를 숙여 죄송하다는 표시를 했는데, 그 차는 뭐가 바쁜지 멈추지도 않고 내가 금방 나온 골목으로 급히 들어갔다. 그 골목은 김은우 씨를 만나고 나온 곳이었다. 나는 아차, 하고 바로 김하나 씨에게 전화를 걸었다.

"혹시 내일 저녁에 제가 일하는 곳으로 와주실 수 있어요?"

"네? 내일 저녁이요?"

"네. 최영근 선생님 사건 관련해서 중요한 얘기가 있어서."

:

'오미령'

나는 사실의 교차확인이 필요했다. 학교에서 배운 내용인데 저널리스트는 이 팩트 체크가 생명이다. 교차확인이란 컴퓨터 용어에서 나온 말로 서로 독립적으로 이루어진 실험의 결과를 사용해 증명하는 방법이다. 어떤 사실을 확인할 때 여러 사람의 말을 종합해서 사실

여부를 확인하는 방법이다. 한 건당 오만 원 받고 기관을 빨아주는 블로그 기자 활동이지만 나는 영혼까지 갈아 넣는 노력을 기울이고 있었다. 못사는 집안에서 태어나 지잡대 신문방송학과 출신인 내가 취업하기 위해서는 이런 대외활동에 목숨을 걸 수밖에 없었다. 하지만 나는 어느새 내 유일한 대외활동 경력을 한방에 망칠 수 있는 일에 말려들어 있었다. 나는 김하나 씨를 찾아가기 전에 이 일을 최대한 공정하게 말해 줄 수 있을 것 같은 오미령 씨에게 전화를 걸었다.

"살해 동기요? 아 맞다. 그 일 때문에 그랬을 수도 있겠네요."
"그 일이라뇨?"
"그 일은 아무래도 당사자인 김은우 선생님한테 듣는 게 맞을 거 같아요. 남의 사생활을 우리가 왈가왈부하는 것도 그렇고."

⋮

'김은우'

국제봉사단 해외봉사단파견 규정 제10조는 해외에 봉사하는 봉사단원이 지켜야 할 사항을 열거하고 있다.

1. 단원의 신조 및 활동지침의 준수
2. 파견국가의 법령준수와 정치적, 종교적, 영리적 활동 금지
3. 진학 등 봉사활동 수행에 차질을 초래할 수 있는 다른 직무의 겸직

금지

4. 파견국 무단이탈 금지

그리고 다섯 번째로 제일 중요하게 봉사단 신분으로서 명예를 훼손하는 행위를 금지하고 있었다.

나는 김하나 씨를 만나기 전에 다시 김은우 씨를 찾아갔다. 김은우 씨는 나를 마주 보고 있으면서도 저 멀리를 힐끔거리는 눈치였다. 뭔가 잘못해서 엄마 눈치를 보는 아이 같은 모습이었다.

"선생님 아까 하셨던 말에 대해서 궁금한 게 좀 있는데."

"아까 했던 말이라니. 어떤 말이요?"

"김지은 선생님이 봉사단원으로서 잘못한 게 있는 건가요?"

"없죠."

"그럼 봉사단 규정에 어긋난 건 아니지 않나요?"

"그렇죠. 근데 약간 정서에 안 맞는다고 해야 할까요."

"정서라니요? 그게 무슨 정서죠?"

"그러니까 한국 사람들이 보통 납득하기 좀 어려운 일이란 거죠."

"그게 무슨 말이에요?"

"그러니까 해외에 봉사하러 가서 현지 남자를 만난다는 건 좀."

나는 김은우 씨와 김지은 씨가 왜 밤을 같이 보냈는지를 물어보려고 했는데 김은우 씨는 엉뚱하게 김지은 씨가 현지인 남자를 만났다는 이야기를 늘어놓았다. 나는 도무지 이해가 가지 않았고 이 남자는 도대체 무슨 생각이지, 하는 생각에 목소리를 높였다.

"네? 그러니까 해외에 봉사하러 간 여자는 현지 남자를 만나면 왜 안 되죠? 남자는 현지 여자를 만나도 되고요?" 나도 모르게 공격적으로 나오자 김은우 씨는 방어적으로 변명하려고 들었다.

"아니요, 아니요. 그게 아니고요. 남자도 안 되죠. 남자 여자를 구분해서 하는 이야기가 아니고요. 저희가 국가 세금으로 해외에 봉사 활동을 간 거잖아요. 거기에서 현지 사람들이랑 연애한다는 건 좀. 봉사단 명예에도 좀 지장이 있고."

"그럼 한국 사람들끼리 연애하는 건 괜찮고요?"

"그, 그것도 괜찮지는 않지요."

김은우 씨는 얼굴이 벌게지면서 핸드폰을 만지작거렸다. 그때 갑자기 전화가 왔고, 김은우 씨는 나를 피해 화장실 쪽으로 가서 전화를 받았다. 이번에도 또 전화를 받은 후에 급하게 자리를 떴다.

:

'김지은 씨 경찰조사'

안달이 난 나는 국제봉사단 홍보실에 가서 내부 자료를 뒤졌다. 거기서 김지은 씨가 현지 경찰에 소환되었던 적이 있다는 정보를 찾아냈다. 소환이유는 김지은 씨가 라오스 현지 남성과 교제해서였다. 국제봉사단과 대사관의 현지 경찰 접촉 후 경찰의 최종결론이 자살로 바뀐 이유에 대한 실마리가 풀렸다. 라오스 현지법은 외국인과 현지인의 성관계를 금지하고 있다. 국제봉사단 단원이 현지인과 교제했다는 사실은 봉사단 명예 실추에 해당되었다. 해당 자료에는 다른 사례에 대한 사전조사 기록도 실려 있었다. 다른 사례 사전 조사 자료는 다음과 같다.

이전에도 한국인이 라오스 여성과 동거하다가 동네 이장과 경찰에 단속되어 해당 법 규정으로 벌금을 낸 적이 있었다. 라오스에서 봉사활동을 하던 대한민국 6급 공무원이 숨진 채 발견된 적도 있었다. 이 공무원은 1월부터 6월까지 라오스 농촌 마을에 집을 지어주는 봉사활동을 하던 중이었다. 14에서 16세 미성년자를 포함한 동성 현지인 5명과 성관계를 한 혐의로 추방된 뒤 국내 경찰의 조사를 받아왔다고 한다. 라오스 정부는 관련 사실을 한국영사관에 통보하고, 벌금 170만 원을 낸 K씨를 추방했다.

K씨는 한국에서 경찰조사를 받던 중 스스로 목숨을 끊었다. 대구

지방경찰청에 따르면 오후 7시 10분쯤 A씨는 발견 당시 자신의 승용차 안에서 착화탄을 피워놓고 숨져 있었으며, 가족에게 미안하다는 내용의 유서가 함께 발견되었다고 한다. 경찰조사 과정에서 이 공무원은 혐의를 대부분 인정했으며 검찰에 송치되어 조사받았다.

경찰 관계자는 "공무원 A씨가 우울증 등을 이유로 휴직과 복직을 반복하던 중 지난 1월부터 휴직해 퇴직을 앞두고 있었다."라고 전했다.

라오스 현지법은 남녀가 만나 성관계 후 결혼하지 않으면 법에 위배한다고 규정하고 있다. 라오스인들끼리는 결혼하지 않고 동거를 하는 일이 많지만, 외국인과 라오스인이 동거하면 주위 사람들의 표적이 된다. 이 때문에 라오스 현지인과 사귀는 외국인들은 집으로 자신의 애인을 데려올 때 특별히 조심한다. 동네 이장에게 선물을 퍼부어 신고를 원천 봉쇄하는 수단을 쓰기도 한다. 즉 누군가 가까운 곳에서 오랫동안 같이 있을 수 있는 사람이 증거를 잡아서 동네 이장을 데려와 현장을 잡고 경찰에 찌르기 전에는 경찰도 단속하지 않는다는 말이 된다.

나는 김지은 씨가 범인이라는 심증을 굳혔다. 그렇다면 김지은 씨는 왜 최영근 씨를 살해했을까? 나는 이유를 확실히 하기 위해 김지은 씨를 찾아갔다.

'김지은'

"신고했다고 한다면 한 사람밖에 없다는 게 제 결론이었어요."

"네?"

"최영근 선생님밖에 제 상황을 모르고 있었다고요."

김지은 씨와 라오스 현지인 남성 너이의 만남은 정말 우연히 이루어졌다. 12월 31일 밤이었다. 1년 내내 라오스를 뜨겁게 달구던 해가 넘어가고 1월 1일이라는 새로운 해가 뜨기 전이었다. 12월 31일의 해가 지는 저녁 7시부터 다음날인 1월 1일 해가 뜨는 아침 7시까지는 겨우 12시간에 지나지 않는다. 하지만 무엇이든 의미를 부여하길 좋아하는 인간들은 여기에 큰 의미를 부여한다. 다른 날과 다름없는 12시간이지만 새해를 맞이하는 12시간 동안에는 많은 일들이 일어난다. 12월 31일 밤의 12시간은 1년 365일의 일상을 견뎌온 라오스 사람들이 앞으로 닥쳐올 365일을 견디기 위해서 미친 듯이 먹고 마시고 또 마음껏 사랑하고 에너지를 발산하는 시간이었다.

김지은 씨는 조용하게 12월 31일 밤을 보내고 있었다. 숙소 옥상에서 맥주나 한잔 마신 후에 차분하게 지는 해나 보려고 했다. 라오스 수도 비엔티엔의 석양은 서울에서 보던 석양과는 달랐다. 회색빛의 건물에 갇혀서 색을 잃어버린 서울의 석양과는 달리 낮은 건물들

위에서 벌겋게 물들어가는 라오스의 하늘은 김지은 씨의 마음을 흔들었다. 옥상에서 내려다본 라오스 거리는 각양각색의 옷차림을 한 사람들로 물들기 시작했고 곳곳에 큰 앰프를 설치한 사람들은 흥청망청 마셔댔다. 술에 취한 사람들은 골목 여기저기에서 다음날이 오지 않을 것처럼 웃고 떠들었다. 김지은 씨는 방으로 가서 한국에서 가져온 가장 예쁜 옷으로 갈아입었다. 그리고 나가기 전에 옆집의 최영근 씨 방문을 노크했다.

"어? 지은 선생님 어디 나가?"
"최 쌤 저 잠깐 외출하려고 하는데요."
"어디 가려고?"
"잠깐만 나갔다 오려고요."
"어디 멀리?"
"아니요, 근처에요."

해외봉사단원은 현지 연수받는 와중에는 밤 10시 이후 바깥 외출이 금지된다. 예외적으로 꼭 밤에 외출해야 한다면 동료단원에게 어디로 가는지, 몇 시에 들어올 건지를 이야기하고 가야 한다는 규정이 있었다.

"꼭 나가야 할 일이야?"

"네. 잠깐 뭐 좀 사러 가려고요."

"꼭 지금 가야 해? 내일 아침에 가면 안 돼?"

"그게 지금 꼭 필요한 거라서요."

"그래요? 그럼 할 수 없지."

"네. 그래서 선생님한테 알려드리는 거예요."

"언제 들어올 건데?"

"아마 한 시간쯤 걸릴 거 같아요."

"밤에 위험한데 같이 갈까?"

"아니에요. 안 그래 주셔도 돼요."

"그래요. 내가 기다리고 있을 테니 조심해서 갔다 와요."

"네. 금방 올 거예요."

무릎을 살짝 가리는 밝은 노란색 드레스를 입고 라오스의 거리로 뛰어나가는 김지은 씨의 모습을 최영근 씨가 계속해서 지켜보았다. 주황색과 빨강색으로 물들어 있는 거리를 노란색 나비가 팔랑거리며 날아가는 것 같았다. 사람들은 너도나도 인사를 나누며 춤추고 먹고 마시며 떠들고 있었다. 김지은 씨는 신이 나서 이 골목 저 골목을 헤집고 다녔다. 발걸음이 저도 모르게 빨라졌다. 신이 나서 한동안 길거리를 뛰어다니던 김지은 씨는 갑작스러운 트럭의 등장에 멈춰 섰다. 하마터면 큰 사고가 날 뻔했다. 갑자기 주위의 모든 움직임과 소리가 멈춘 듯했다. 자신이 어디에 있는지 숙소에서 얼마나 떨어져 있는지 알 수 없었다. 빨강색에서 어두운 주황색으로 물들어가던 하늘은 어느새 검은 물감으로 덮여있었다.

다급해진 김지은 씨는 빠른 걸음으로 숙소 쪽으로 걸음을 옮겼다. 걷고 걸어도 자신의 눈에 익숙한 건물은 보이지 않았다. 길거리를 가득 채운 사람들의 웃음소리, 술 마시며 떠드는 소리 때문에 이미 라오스의 거리는 자신이 알고 있던 조용하고 안전한 거리가 아니었다. 걸으면 걸을수록 더더욱 자신이 익숙한 동네의 반대쪽으로 나아가는 느낌이 들었다. 당황해서 휴대폰을 꺼냈다. 벌써 12시를 넘긴 시간에 부재중전화가 100통 넘게 걸려 와 있었다. 최영근 씨였다. 최영근 씨의 전화에 회신하려고 한 순간 휴대폰 화면이 꺼졌다. 100번 넘게 벨소리를 울리다 보니 배터리가 다된 모양이었다.

"아 씨발, 왜 하필 이럴 때."

빨리 걸었다. 아니 이제 뛰기 시작했다. 주변 사람들이 건네는 인사도 이제 위협으로 느껴졌다. 자신을 향해 웃음을 띠고 쳐다보는 시선들이 이제는 위협으로 느껴졌다. 사람들은 겁에 질린 얼굴로 전속력으로 뛰고 있는 김지은 씨를 이상하게 쳐다보았다. 인사를 하려고 올리는 손을 뿌리치며 김지은 씨는 달아나기 시작했다. 사람들은 처음에는 손을 흔들어 인사를 하려고 했지만 미친 듯이 뛰는 김지은 씨를 보고 피하기 시작했다. 몇몇 사람들은 손을 뻗어 도움을 주려고 했다. 하지만 자신을 향해 뻗는 손은 겁에 질려 도망치는 김지은 씨에게는 더욱더 위협만 줄 뿐이었다. 김지은 씨는 미친 듯이 뛰어가서 겨우 사람들이 없는 막다른 골목에 다다를 수 있었다. 무릎을 잡고 머리를 숙이며 숨을 헐떡이는 김지은 씨의 눈에는 여기저기 더러운 얼룩이 진 노란색 드레스가 보였다. 금방까지 사람들의 떠드는 소리로 차 있던 골목은 고요했으며 골목은 전등 하나 없이 암흑으로 뒤덮여 있었다. 울음이 터질 것 같았다. 그때였다. 묵직하고 큼직한 손이 김지은 씨의 어깨를 잡았다.

"야! 하지 마! 이 씨발 새끼야!" 김지은 씨는 한국어로 빽하고 소리를 쳤다.

키 190cm가 훨씬 넘는 남자가 김지은 씨를 내려다보고 있었다. 남자의 검은 그림자는 김지은 씨의 몸을 덮고도 한참 남을 만큼 컸다. 김지은 씨는 더 이상 도망칠 힘도, 소리칠 용기도 남아 있지 않았다. 이제 어떻게든 되겠지 하는 심정으로 남자를 올려다보았다. 겁을 먹어서인지 자기의 팔 하나 들어 올릴 힘도 없었다. 고개를 숙이고 헉헉거리며 땅을 쳐다볼 수밖에 없었다. 어둠 속에서 꿈틀거리는 물체가 보였다. 남자의 다리에는 작은 물체가 붙어 있었다. 자세히 보니 어린 여자아이가 남자의 다리를 잡고 거의 울음을 터뜨릴 것 같은 표정으로 김지은 씨를 올려다보고 있었다.

남자는 김지은 씨에게 의자에 앉으라고 권한 후 자신의 가족을 한 명씩 소개했다. 라오스어를 완벽하게 이해할 수는 없었지만, 정황상 서로의 관계를 짐작할 수 있었다. 먼저 목에는 금목걸이를 걸고 팔에는 금시계를 찬 할아버지가 앉아 있었다. 금방이라도 울음을 터뜨릴 것 같은 여자아이는 어느새 할아버지의 무릎에 올라가서 재롱을 떨고 있었다. 그리고 젊은 여자 두 명이 있었는데 그 여자 둘은 생김새나 서로 대하는 모습이 자매 같았다. 둘 다 나이는 20대 후반, 많이 봐야 30대 초반이었다. 하지만 그중 언니로 보이는 여자가 계속해서 할아버지의 시중을 들었는데 자리를 이동할 때마다 할아버지의 입술에 키스를 하는 것이 놀랍게도 둘은 부부인 것 같았다. 그리고 그 어린아이는 두 사람 사이에서 재롱을 떠는 모습이 할아버지의 손녀가 아니라 두 사람이 낳은 아이가 확실해 보였다. 그리고 그 할아버지의 아들로 보이는 통통한 얼굴의 30대 중반으로 보이는 남자가 담배를 피우고 있었다. 키 190cm가 넘는 너이는 그 사람들 사이를 왔다 갔다 하며 사람들이 불편한 점이 없게 시중을 들고 있었다. 음식이 부족하면 음식을, 술이 부족하면 술을 가져다주며 사람들을 챙기는 모습이 김지은 씨의 눈길을 끌었다.

사람들은 친절했다. 아직 관광업이 발달하지 않아 순수한 라오스 사람들은 일반적으로 외국인들에게 친절했으며 길을 잃고 자신의 집에 들어온 외국인 여자애라 특별히 더 신경을 썼다. 라오스어를 배우고 있다고는 하지만 제대로 의사소통은 할 수 없었다. 김지은 씨는 민망함과 부끄러움을 없애기 위해서 열심히 술을 받아마셨다. 술잔이 비면 실례라고 생각하는 라오스 문화를 몰랐던 김지은 씨는 주변 사람들 하나하나가 술을 채워주는 족족 다 마셔버렸고, 현지인들은 김지은 씨가 술을 좋아한다고 생각하며 계속 따라주었다. 쉬지 않고 거의 열병이 넘는 맥주를 마신 김지은 씨는 화장실을 들락날락하게 되었고, 김지은 씨는 할아버지의 젊은 부인이 자리를 뜰 때마다 키스를 하는 것이 생각났다. 술이 정신없이 취하자 자기도 자리를 뜰 때마다 옆 사람들에게 키스를 하기 시작했다. 옆에서 장난을 치던 여자아이에게 키스한 것이 시작이었다. 그랬던 것이 할아버지의 큰아들, 젊은 여자들 둘에게까지 이어지더니 심지어 할아버지에까지 키스를 하는 지경에 이르렀다. 사람들에게 키스를 퍼붓는 김지은 씨를 보고 있던 너이는 갑자기 김지은 씨의 손을 잡고 일어섰다. 김지은 씨는 비틀거리며 너이에게 손을 잡혀 뒤뜰로 끌려갔다.

뒤뜰에는 커다란 오토바이가 한 대 있었다. 너이는 김지은 씨를 뒤에 태우고 오토바이 앞자리에 털썩하고 앉았다. 김지은 씨의 손을 끌어 자기 허리를 둘러 배에 고정시켰다. 부르르릉, 시동이 걸리는 소리가 나더니 김지은 씨의 이마로 시원한 바람이 스치기 시작했다. 바람과 함께 바다의 청량함을 연상시키는 향수 냄새가 코로 스며 들어왔다. 김지은 씨는 너이의 넓은 등에 뺨을 파묻은 채 허리를 끌어 않은 손을 꽉 조였다. 시원한 향수 냄새와 함께 라오스의 밤거리를 질주했다. 이 시원한 바람이 언제까지나 지속되었으면 하고 김지은 씨는 생각했다.

⋮

'김지은'

김지은 씨는 그날 새벽에 숙소로 돌아왔다. 슬그머니 숙소로 돌아와 1층의 건물 문을 열려고 하는데 누군가 있는 것 같았다. 옆에 검은 그림자가 서서히 드리워졌다.

"아 씨, 깜짝이야."
"지은 쌤 지금 들어오는 거야?"

문 옆에는 최영근 씨가 팔짱을 끼고 서 있었다. 최영근 씨는 김지은 씨가 들어올 때까지 밤을 새워 건물 입구에서 기다리고 있었던 거 같았다.

"아, 네."
"잠깐 이야기 좀 해."
"네?"
"잠깐 이야기 좀 하자고."

"제가 지금 좀 피곤해서요."

피곤하다는 김지은 씨를 끌고 최영근 씨는 자기의 방으로 들어갔다.

"영근 쌤 자기가 외로우니까 질투해서 꼬질렀을 수도." 김지은 씨는 미간을 찡그리며 소주잔을 탁 내려놓았다.

"네? 외로웠다고요?"

"응. 진짜 영근 쌤 학원에서도 진짜."

"네? 왜요?"

"진짜 학원에서 키우는 개가 있었는데."

"학원에서 개를 키워요?"

"그러니까. 학원이라기보다는 뭐 가정집을 개조한 데서 선생들 고용해서 라오스어 가르치는 그런 데였으니까. 똥남아가 다 그래요."

"그런데요?"

"그게 중요한 게 아니고. 학원에 개가 있어서 진짜 다 짜증이 났거든."

"네? 왜요?"

"그러니까 수업시간에 문이 조금이라도 열려 있으면 그놈의 개새끼가 교실에 들어와서 한바탕 난리가 나고 뭐 그랬거든."

"우와 진짜요?"

"어휴 진짜지. 내가 개를 싫어하고 뭐 그런 게 아니에요. 우리 시골집에 개도 키우고."

"네."

"아, 근데 진짜 그 똥개는 진짜 짜증이 나더라고."

"왜요?"

"진짜 크기도 크고, 밖에서 키우는 개니까 더럽고. 주인이 안 씻기는지 냄새도 진짜 많이 나고."

"아, 이해해요."

"근데."

"네?"

"최영근 쌤이 얼마나 외로웠는지 그 개를 끌어안고 진짜 뽀뽀까지 하더라니까."

"네?"

"진짜. 그 더러운 개를 끌어안고 뽀뽀까지 했다니까. 다 봤어요."

"진짜요?"

"내 말이. 얼마나 스킨십이 간절했으면 그 냄새 나는 개랑 물고 빨고 하겠어."

"진짜요?"

"내가 그런 걸로 왜 거짓말을 하겠어."

:

'김하나'

김지은 씨의 말을 더 듣고 싶었다. 하지만 나는 김하나 씨와의 약속 시간을 지키기 위해서는 대화를 중단할 수밖에 없었다. 급한 약속이 있다고 하고 서둘러 김하나 씨의 가게로 달려갔다.

김하나 씨의 앞에는 빨대가 꽂힌 커다란 텀블러가 놓여 있었다.

"더러워요."

"네?"

"남자들 아무나하고 스킨십하는 거 더럽지 않아요?"

"네? 저는 딱히 스킨십을 더럽다고는 생각하지는 않아서."

"개 같아요."

"네?"

"결혼한 남자들 마사지 받으러 가고 다른 여자 만나러 업소에 가고 이런 거 정말 더럽지 않아요?"

"네? 제 주변에는 그런 사람들이 없어서."

"주변에 없다고요? 맙소사. 루리 씨 주변에 있는 남자들이 다 그럴 걸요? 말을 하지 않아서 그렇지."

"진짜요?"

"근데 진짜 결혼도 한 사람들이 다른 여자랑 스킨십하고 싶어서 마사지를 받으러 가는 게 이해가 돼요?"

"마사지 받으러 가는 게 그렇게 나쁜 건가요? 저는 돈만 있으면 한 번 받아보고 싶은데."

"마사지 받으러 가는 게 나쁜 건 아니죠. 다른 서비스를 받으니까 그렇지."

"네? 다른 서비스요?"

"그러니까 마사지 받으러 가서 마사지 말고 다른 것도 하고 한다고요."

"에이, 설마요."

"왜? 그 연예인 중에 하나도 마사지 받으러 가서 좀 더 진한 서비스 기대하고 뭐 그러다가 이혼당하고 그랬잖아요."

"아 그래요?"

"진짜 남자들은 다 똑같아요. 결혼도 했고 여자친구도 있는 사람들이."

"네? 결혼은 또 뭐고 여자친구는 또 무슨 이야기에요?"

"남자들은 항상 다른 여자한테 눈독을 들인다고요!"

김하나 씨는 내 눈을 쳐다보더니 자기 앞에 놓인 길쭉한 텀블러를 들었다. 1리터 정도로 보이는 엄청나게 큰 검은색 텀블러였다. 은색의 쇠 같은 길쭉한 빨대에 입을 대더니 1분 넘게 빨아들였다. 꿀꺽꿀꺽 소리가 나게 마시는 것이 적어도 0.5리터는 들이켜는 것 같았다. 그러더니 갑자기 빨대를 움켜쥐고 부러뜨려 버렸다. 김하나 씨는 벌게진 얼굴로 말을 이어갔다.

"다 똑같다고요. 김은우 쌤이나 최영근 쌤이나, 김지은 쌤이나."

"네? 그건 또 무슨 말이세요?"

"결혼했잖아요. 김은우 쌤, 최영근 쌤도, 그리고 김지은 씨는 남자친구도 있고."

"네? 김은우 선생님도 결혼했어요? 아직 어리신데."

"맙소사. 김은우 선생님은 다른 단원들이 다 모르는 줄 아나 본데 나는 다 알고 있었다고."

"네? 어떻게요?"

"최영근 쌤이 다 말해줬어요. 조심하라고, 결혼했다고."

"네? 진짜요??"

"그래요. 그리고 김지은 쌤도 한국에 남자친구가 기다리고 있었다고. 근데 도대체 어떻게 그런 짓거리를 할 수가 있어!"

"네? 도대체 무슨 말씀이세요?"

나는 잠시 앉아서 생각을 정리할 시간이 필요했다. 일단 범인을 김지은 씨로 상정하고 거꾸로 추리해보자. 김지은 씨는 화가 나서 최영근 씨를 살해했다. 이유는 김지은 씨가 현지인 남자를 만났단 사실을 최영근 씨가 사무소에 찔렀기 때문이다. 김지은 씨가 라오스 현지 남자를 만난 것이 해외봉사단 규정 위반이기도 하고 라오스 현지법 위반이기도 하니까. 국제봉사단 해외봉사 단원이 현지법을 위반했다는 사실이 알려지면 문제가 커진다. 그래서 국제봉사단과 한국 대사관은 라오스 현지 경찰 접촉 후 최영근 씨 사망사건을 자살로 위조했다. 피해자는 죽었으니 피해자의 잘못으로 처리하는 게 가장 깔끔하니까. 여기까지 내 추리는 완벽했다. 김지은 씨가 최영근 씨를 살해할 동기는 충분했다. 하지만 김하나 씨는 도대체 뭘 말하고 싶은 걸까?

"둘이 켕기는 일을 하다가 들켰으니까 그렇지."

"둘이라니요?"

"최영근 선생님 결혼하시고 아들딸에 손녀까지 있는 거 아시죠? 어떻게 손녀 같은 사람이랑 그런 짓거리를 할 수 있어요?"

"네?"

"그리고 김은우 그 인간이 더 나쁜 놈이야. 여자면 다 좋아서 어떻게든 해보려고. 어휴 진짜 더러워."

"네? 그건 또 무슨 말씀이세요?"

최영근 씨 사망사건의 추리에서 가장 풀리지 않았던 비밀이 풀리려는 순간이었다. 최영근 씨, 김은우 씨 그리고 김지은 씨 사이에 있었던 일, 그때 갑자기 문이 벌컥 하고 열렸다.

"하나 쌤, 앞에서 사장님이 찾던데."

"네?"

"하나 쌤, 이 가게 사장님이 앞에서 보자고 빨리 오래요."

"아, 그래요? 어디 계시는데요?"

"저 앞에 커피숍에서 기다리는데 빨리 가봐."

'나는 잠깐만요'라고 말을 할 여유도 없었다. 하예신 씨가 그 예의 좋은 미소를 띠며 우리를 바라보고 있었기 때문이다. 김하나 씨가 나가고 나는 어두컴컴한 술집에서 하예신 씨와 둘만 있었다. 하예신 씨는 내 머리 스타일이나 옷 칭찬을 하다가 김하나 씨가 완벽하게 건물 밖으로 나간 것을 창문으로 확인한 후 정말 놀라운 말을 하기 시작했다.

"루리 씨 지금 최영근 선생님을 죽인 진짜 범인 찾으러 다니죠?"

"네?" 나는 놀라서 하예신 씨의 얼굴을 올려다보았다.

"루리 씨 잘 들어요."

"네?"

"최영근 선생님을 죽인 진짜 범인은 바로 김하나 선생님이에요."

이 말을 던지고 하예신 씨는 내 눈을 지그시 응시했다. 나는 갑자기 무서워져서 학교 과제가 있는 걸 깜빡했다고 얼버무리고 자리를 뜨려고 했다. 문을 향해 뛰어가다 인사를 하지 않으면 실례일 것 같아 뒤를 돌아보았다. 하예신 씨는 한쪽 다리를 꼰 채로 허둥대는 내 모습을 바라보고 있었다. 하예신 씨 한쪽 입꼬리가 올라가는 모습이 분명히 보였다. 하예신 씨는 분명 웃고 있었다.

:

'김은우'

김하나 씨가 진짜 범인일까? 나는 김하나 씨가 날이 선 긴 칼을 앞치마 주머니에서 꺼냈던 모습이 기억났다. 그리고 최영근 씨와 김은우 씨에 대해서 말하며 굉장히 감정적인 모습을 보여주었다. 갑자기 무서운 생각이 들어 김하나 씨가 돌아오기 전에 건물 밖으로 뛰쳐나왔다. 이제 어디로 가지? 나는 김하나 씨가 욕하던 김은우 씨를 찾아 이야기를 들어봐야겠다는 생각이 들었다.

"이기적이라고 싫어했죠."

"네? 이기적이라고요? 누가요?"

"최영근 선생님이요."

"그러니까 김하나 씨가 최영근 선생님을 이기적이라고 싫어했다는 말씀인가요?"

"네." 김은우 씨는 단호하게 대답했다.

"왜죠?"

"그러니까 우리는 매일 라오스어를 배우러 다녔어요. 숙소에서 학원까지 먼 거리는 아니었는데 30분 정도는 걸렸어요. 근데 길이 또 비포장 길이라 차가 덜컹거리고 해서 좀 불편했어요."

"네."

"우리는 봉고차에 빽빽이 붙어서 차가 덜컹거리는 걸 견디는데 최영근 선생님만 예외였어요."

"왜죠?"

"항상 운전사 옆 보조석에 앉으시더라고요."

"매번이요?"

"네, 매번. 최영근 선생님이 제일 먼저 와서 앉아버리니 어쩔 수 없었죠. 근데 그걸 제일 싫어했던 사람이 하나 쌤이고요."

"김하나 씨가 제일 싫어했다고요?"

"네, 다른 사람들만 보면 욕하고 했어요."

"네? 욕하다니요?"

"최영근 선생님 하는 일이 다 마음에 안 든다고."

"자리 문제 말고도 또 있었던 건가요?"

"말 다 꺼내지 못할 만큼 많죠. 둘이 안 좋은 건."

최영근 씨와 김하나 씨는 현지 교육을 받는 내내 사사건건 부딪쳤다고 한다. 먼저 최영근 씨는 차를 타는 문제로 매일 매일 김하나 씨의 성질을 건드렸다. 그리고 반장을 맡고 있던 김하나 씨에게 최영근 씨는 어디를 가든 골칫거리였다. 국제봉사단이 파견을 가면 현지 적응 교육을 받는다. 교육기간에 현지 슈퍼마켓을 가거나 시장, 은행에 가서 봉사단원이 앞으로 혼자서 생활할 수 있게 준비시킨다. 최영근 씨는 고가의 영상 촬영 장비를 들고 촬영을 했고 시간만 나면 혼자 사라져버렸다. 복잡한 시장이나 슈퍼마켓에서 최영근 씨를 찾는 것은 언제나 김하나 씨였다. 김하나 씨는 최영근 씨를 찾아다니느라 정작 자기는 은행 사용법이나 시장에서 물건을 고르는 법 등을 하나도 배우지 못했다. 매일 매일 무슨 일을 할 때마다 최영근 씨가 문제가 되자 김하나 씨는 울화가 치밀었다. 저녁에 술을 먹고 김은우 씨에게 최영근 씨 때문에 그냥 한국에 돌아가 버릴까 하는 고민까지 털어놓았다고 한다.

"그리고 결정적으로 김치 사건이 있었는데요."
"네?"
"그러니까 하나 쌤이 김치 때문에 정말 열 받아서 최영근 쌤이 없어졌으면 했다니까요."
"네?"

최영근 씨는 60대 대한민국 아저씨였다. 김치가 없으면 밥을 못 먹는 최영근 씨는 정작 요리는 잘하지 못했다. 카레를 한 솥 끓여 일주일간 먹을 정도였다. 음식점 아르바이트를 오래 한 김하나 씨는 요리를 잘했고 돈은 최영근 씨가 냈어도 요리는 거의 김하나 씨가 했다고 한다.

"그러니까 김치 담는 날 하나 쌤이 드디어 폭발했죠."
"네?"

"죽여 버리고 싶다고 난리를 쳤으니까."

20대인 김하나 씨는 김치를 담글 줄 몰랐고 결정적으로 김치 자체를 먹지 않았다. 하지만 모든 식재료 비용을 담당하는 최영근 씨가 김치를 먹어야 한다고 매일 매일 입을 열자 김치를 담그려고 인터넷에서 공부했다. 최영근 씨는 기뻐하며 돈을 쥐여주었다. 김하나 씨는 배추 스무 포기를 혼자서 들고 왔다고 한다. 한국과 비슷한 배추를 찾느라 하루 종일 시장을 돌아다녔고 배추 스무 포기를 이고 왔을 때 김하나 씨의 왼쪽 이마에 파란색 핏줄이 세 개나 서 있었다고 한다. 김치를 만드는 김하나 씨 옆에서 최영근 씨는 계속 입을 댔다. 이렇게 해야 한다, 저렇게 해야 한다. 자기 부인은 이렇게 한다, 이렇게 해야 맛있다 등등 계속 잔소리했다. 고춧가루와 마늘이 눈에 들어가 눈물이 흐르고 분노가 차올랐다. 어느새 밤이 되었고 최영근 씨는 김치가 완성되지 않자 김지은 씨를 데리고 나갔다. 자기 입맛에 안 맞아 한국식당에 가서 밥을 먹어야겠다는 말을 남긴 채 택시를 타고 나갔다. 최영근 씨가 나가자 김하나 씨는 칼을 들고 울면서 최영근 씨를 죽여 버리겠다고 난리를 쳤다고 한다.

"그럼 그날 김은우 선생님은 김하나 선생님이랑 둘이서만 계셨나요?"
"아니요."
"예신 쌤이 계속 하나 쌤 옆에서 맞장구도 쳐주고 위로도 해주고 했죠."

"네? 하예신 선생님이요?"

"네. 그날 예신 쌤은 배추 사러도 같이 갔고 그날 계속 하나 쌤이랑 같이 있었어요. 일요일인데 교회도 안 가시고 하루 종일. 예신 쌤 진짜 착한 거 같지 않아요?"

"네? 교회까지 빼먹고요?"

"네. 진짜 독실한 사람인데 그날은 교회까지 안 가시고 하루 종일 하나랑 붙어 있더라고요."

그날 하예신 씨는 왜 하루 종일 김하나 씨에게 붙어 있었을까? 하예신 씨가 김하나 씨와 하루 종일 같이 있던 날 김하나 씨가 어떤 결심을 굳힌 건 아닐까? 과연 그날 이후 김하나 씨가 최영근 씨를 죽였을까? 나는 마지막으로 김은우 씨에게 물었다.

"그래서 김하나 씨가 최영근 씨를 죽였나요?"

"뭐라고요?"

"김하나 선생님이 최영근 씨를 죽였다고 누가 말해서."

"네? 누가요?"

"그건." 나는 말을 얼버무렸다.

"아니요. 절대 아니에요. 하나처럼 착한 애가 그럴 리가요."

나는 지금까지의 내 추리를 설명해주었다. 김은우 씨는 내 말을 다 듣기도 전에 말을 자르고는 불쑥 외쳤다.

"최영근 선생님을 우리 중의 한 명이 죽였다고 한다면 그건 한 사람밖에 없어요."
"네?"
"그건."

⋮

'오미령'

"그러니까 하나 쌤이랑 최영근 쌤이랑 잘 안 맞는 사이였던 건 확실해요."
"어느 부분에서요?"
"그러니까 절대 식구가 될 수 없는 사람이라고 해야 하나?"
"식구요?"
"그러니까 항상 같이 밥 먹을 정도로 가깝게 된 사이를 식구라고 하잖아요. 근데 싫어하는 사람이랑은 같이 밥 먹기조차 싫잖아요."

나도 그런 경험이 있었다. 대학교 1학년 때 매일 전화하는 선배가 있었는데, 내 시간표를 다 외우기라도 했는지 점심시간마다 강의실 앞에서 나를 기다렸다. 맛있는 돈가스집이 있다는 둥, 김치찌개 국물이 죽인다며 여기저기로 데리고 다녔는데 진짜 불편하기만 했다. 사람이 싫으면 아무리 맛있는 음식이 앞에 있어도 밥맛이 떨어지는 건 어쩔 수 없다.

"그러니까 밥 먹는 것조차 안 맞았어요."

"그래요?"

"그러니까 최영근 선생님이 집요하리만치 카레를 많이 만들었는데."

"집요하다고요?"

"네. 그러니까 카레만큼 모든 영양소를 갖춘 음식이 없다고 하시면서."

"그런가요?"

"뭐 얼핏 들으면 맞는 말이에요." 오미령 씨는 웃으면서 말을 이어갔다. "고기도 들어있고, 온갖 야채도 들어 있잖아요. 거기다가 몸에 좋다는 강황인가 뭔가도 들었고."

"아, 그건 그러네요."

"또 한 번 해놓으면 계속해서 먹을 수가 있으니까."

"그래서 매일 카레만 드신 거예요?"

"우리는 별로 선택지가 없었어요."

"그건 왜죠?"

"최영근 쌤이 돈을 내는데 우리가 이거 해라, 저거 해라 이럴 수는 없잖아요."

"아, 그렇네요."

"하나 쌤은 매일 카레를 먹는다는 거에 불만이 많았는데 기어이 사건이 하나 터졌죠."

"네? 어떤 사건이요?"

"한번은요. 최영근 쌤이 고수 카레를 만들었거든요."

"네? 무림고수 그런 거요?"

"하하하. 그 고수 말고 먹는 고수요."

"아. 그 냄새 나는."

"그렇죠. 근데 다른 사람들은 다 고수를 잘 먹었거든요."

"다른 사람이라고 하시면."

"네. 다른 봉사단원들은 다 고수를 잘 먹고 하나 쌤 혼자만 고수를 못 먹었어요."

"그러셨어요?"

"네. 아예 냄새조차 맡기 싫어했는데."

"그런데요?"

"근데 며칠이나 먹어야 할 카레에 고수를 왕창 넣은 거죠."

"왜 그랬을까요?"

"자세히는 모르죠. 영근 쌤이 무슨 의도로 그러셨는지."

"아. 진짜."

"그래서 하나 쌤이 표정 굳고 그랬는데. 그걸 알아채시고 영근 쌤이 또 이렇게 말씀하시는 거예요."

"뭐라고 하셨는데요?"

"고수 몸에 좋다고. 이제부터 라오스에서 살려면 먹어야 한다고."

"아 정말요?"

"그러셨다니까요. 그게 그 나이대 할아버지들은 많이다 그렇게 말씀하시는데요."

"그렇죠. 우리 아빠도 그런 말씀 많이 하시고."

"근데 하나 쌤은 그런 말이 진짜 싫어했던 거 같더라고요."

"그래요?"

"네, 하나 쌤 아빠가 일찍 돌아가셨잖아요."

"아, 그러세요?"

"네, 그래서 나이 든 남자한테 그런 말을 들어본 적이 없는 것 같더라고요. 나는 우리 아빠한테 그런 말을 워낙에 많이 들어서 그러려니 했고요."

"아."

"그날 진짜 얼마나 불편했는지."

"왜요?"

"하나 쌤이 숟가락을 탁 놓고 벌떡 일어나서 계란말이를 만들기 시작했는데요."

"그런데요?"

"영근 쌤은 하나 쌤 계란말이를 손도 안 대고, 하나 쌤은 카레를 진짜 입에도 안 대는 거예요."

"아? 진짜요?"

"그래도 진짜 예신이가 있어서 다행이지."

"네? 왜요?"

"예신이가 영근 쌤 몰래 하나 쌤 카레를 먹어주고, 하나 쌤이 만든 계란말이도 잘 말렸다면서 어떻게 만드냐고 얘기해주고 해서."

"아."

"그래서 분위기가 나아졌죠."

"아."

⋮

'김은우'

"허우덕 선생님이요?"

"허우덕 선생님이 직접 최영근 선생님을 죽였다고 확신하지는 못해요. 하지만 물증은 확실해요."

"물증이라니요?"

"허우덕 선생님이랑 라오스 국제봉사단 사무소장이랑 같은 교회를 다녔거든요."

"라오스에 교회도 있어요? 불교 나라라고 들었는데."

"한국 목사님들이 사역인가 뭔가 하러 와서 라오스에 교회를 세웠다고 하더라고요."

"와 대단하다. 진짜 라오스까지 가서."

"공산주의 나라고 불교 나라라 원래는 기독교가 금지되는데 어떻게 하는 방법이 있다고 하더라고요."

"무슨 뇌물 같은 걸 주고 교회를 운영하는 건가요?"

"그건 저도 모르겠어요. 근데 분명 그런 게 있겠죠, 아마?"

"진짜요?"

"그렇죠. 일단 공산주의는 사람들 모이는 거 좋아하지 않잖아요."

"그래요?"

"네. 공산주의 자체가 종교를 싫어한다는 건 다 아는 이야기잖아요."

"저는 처음 들어봐서."

"북한에 교회 있다는 얘기 들어보셨어요? 성당 있다는 얘기도 들어본 적 없으시죠?"

"아, 그건 그러네."

"북한뿐 아니라 중국도 똑같아요. 중국에는 교회가 없을뿐더러 사람들이 다섯 명 이상만 모여도 공산당에서 나온 사람들이 감시한다고 하잖아요."

"우와 진짜요? 그러면 불교는요? 라오스는 불교 나라잖아요."

"불교는 좀 다르죠."

"네? 불교가 왜 달라요?"

"절에 다니는 분들은 말을 잘 듣잖아요."

"네?"

"코로나 집단감염도 보세요. 절에서 집단감염 걸렸다는 이야기 들어보셨어요?"

"아, 그러네."

"같은 종콘데 불교에서는 집단감염 걸린 적이 없잖아요. 그게 왜 그런 줄 아세요?"

"글쎄요."

"불교는 말을 무지하게 잘 듣거든요. 모이지 말라고 하면 안 모이고, 떨어져 앉으라 하면 떨어져 앉거든요."

"그래요?"

"근데 기독교는 모이지 말라고 하면 더 모이고, 떨어져 앉으라 하면 같이 붙어서 노래까지 부르잖아요."

"아."

"다 그렇다는 이야기는 아니에요."

"그건 그렇죠."

"그러니까 제 말은 교회가 다 그렇다는 이야기도 아니고 교회 다니는 사람들이 다 나쁘다는 이야기도 아니에요."

"아, 그건 그렇죠."

"그러니까 일부가 문제라는 거죠. 왜 사랑제일교회인가 뭔가는 하지 마라는데 계속 집단 예배드리고 코로나 시국에 광화문에 나가서 집회까지 열잖아요."

"아, 진짜 그러네요."

"그러니까 일부 교인들이 진짜 문제라는 거죠. 그 막돼먹은 사람들 때문에 교회 다니는 사람들 전부가 욕먹는 거고요."

"그러니까 김은우 씨 말은 허우덕 선생님이 그 문제의 교인이라는 말인가요?"

"아, 뭐 그렇게까지 들을 필요는 없어요. 한없이 착하게 보이는 교인분들도 숨기고 싶은 비밀 한 가지 정도는 있다는 거예요."

"네?"

"사람이 완벽할 수는 없잖아요."

"그게 무슨 이야기세요?"

"제가 허우덕 선생님이랑 같은 빌라를 썼잖아요."

"아. 네. 그러셨죠."

"제가 진짜 자세히 관찰했거든요."

"네?"

"그러니까 어떻게 허우덕 선생님이 항상 차분하고 항상 착하게 남을 도와줄 수 있는지에 대해서 저도 궁금했었는데. 그 교회가 왜 라오스에 온 줄 알겠더라고요."

"네."

"골든트라이앵글 때문이에요."

"골든트라이앵글이요?"

"허우덕 선생님같이 몸이 불편해서 힘든 사람들도 그 교회만 갔다 오면 어떻게 편안해져서 오는지에 대해서 궁금하지 않으세요?"

"네?"

"그리고 결정적으로 허우덕 선생님, 켕기는 게 있어서 뛰어내리셨잖아요."

"네? 그게 무슨 말씀이세요?"

"최영근 선생님 그렇게 되고 나서 빌라에서 뛰어 내리려고 했다고
요. 다행히 예신 쌤이 옆에 있어서 허우덕 선생님을 옆으로 밀치는
바람에 결국 떨어지지는 않았지만."

"네? 예신 선생님이요?"

"네. 약 주려고 갔다가 베란다에서 뛰어내리려는 거 발견했다던데."

"약이요?"

"네."

"아, 그 예신 선생님이 들고 다니시는 비타민 약이요?"

골든트라이앵글 즉 황금의 삼각지대는 태국과 미얀마, 라오스의
접경지역으로, 과거에는 아편 재배로 악명이 높았으나 시간이 지나
카지노와 관광 리조트 단지로 변모한 곳이다. 그러나 2007년 이후 일
부 지역이 메스암페타민을 생산하는 요충지로 다시 부활하였다.

이 삼각지대는 아편 생산에 최적의 기후와 자연조건을 갖춘 천혜
의 요지로 알려진 곳이다. 과거에 마약왕이자 샨족 독립운동을 지휘
했던 쿤사가 막강한 사병을 조직해서 특히 미얀마 동부 살윈강 동안
의 산주 일대에서 연간 약 100만 톤의 생아편을 채취했다. 여기에서
생산된 아편에서 추출된 헤로인이 한때 미국에 유통되는 헤로인의
60%에 달했다고 한다.

1995년 쿤사가 미얀마 정부와 협상하여 샨족 독립운동을 멈추고 해산한 뒤 관광단지로 개발되어 이 지역에 쿤사 박물관, 아편 박물관도 만들었다. 이후로 아편의 원료인 양귀비꽃밭을 뒤엎고 녹차를 재배했다. 워낙에 땅이 좋은지라 매우 성공적으로 재배되었으며 카지노를 비롯한 관광사업과 함께 골든트라이앵글에 사는 지역민들에게 또 다른 수익원이 되고 있었다. 하지만 결코 아편만큼 많은 수익을 가져다줄 수는 없었다.

인근의 태국은 카지노가 불법이기 때문에 이곳에 태국인 관광객들과 중국인 관광객들이 많이 온다고 한다. 2013년에는 중국 정부가 쿤사의 후계자인 나오칸 일당을 소탕한 뒤 잡아다 4명을 처형한 적도 있었다. 2018년경 삼골이라는 삼합회와 연관된 마약 조직이 이곳에서 다시 부활해 광범위한 메스암페타민 생산기지를 만들었다고 한다. 현재 이곳은 아시아 지역의 메스암페타민(필로폰) 생산의 40%를 담당하고 있다고 한다. 2021년 1월 이 삼골의 두목 체치룹이 네덜란드에서 체포되었지만, 아직 이곳은 필로폰의 생산지로 번성하고 있다.

쿤사와 한때 대립하던 와족의 와방연합군은 이 지역의 와족 자치주에서 아직도 세력을 잡고 있다. 와족도 마약 재배와 밀매를 하고 있다.

골든트라이앵글지역은 태국 정부와 라오스 정부는 물론 군사독재로 유명한 미얀마 정부도 사실상 손대기 어려운 곳이 되어버렸다. 허우덕 씨가 파견되기로 한 훼이싸이 지역은 골든트라이앵글 지역에

속해 동남아시아에서도 유명한 마약 산지였다.

"골든트라이앵글이라고 하면 진짜 위험한 데 아닌가요? 저 다큐멘터리 프로그램에서 본 거 같은데."

"마약 산지죠. 양귀비 같은 거나 대마초를 기르다가 현재는 필로폰을 대량 생산하는 지역이에요."

"필로폰이요? 그게 뭔가요?"

"마법의 약이죠. 죽어갈 거 같은 사람들도 필로폰을 복용하면 갑자기 힘을 내고, 만성 질환이 있는 사람들도 필로폰을 복용하면 불편함을 느끼지 못한데요. 건물에서 뛰어내려도 안 아플 거 같다고 느낄 정도래요. 다른 사람이 보기에는 좀비같이 보여도 자기는 슈퍼맨이 됐다고 느낀 데요."

⋮

'허우덕'

나는 확인을 하고 싶어서 허우덕 씨에게 전화를 걸었다.

"제가요?"

"누가 그래요?"

"그게."

"누구한테 들었는지는 모르겠지만 저는 골든트라이앵글이고 뭐고 하는 얘기는 들은 적도 없고요. 그게 뭔지도 몰라요. 그리고 뭐라고요? 내가 켕기는 게 있어서 뛰어내렸다고요? 그 얘기는 또 어디서 들으셨어요?"

"그게. 저."

"어찌 됐든 거기에 대해서는 별로 하고 싶은 말이 없네요."

"그렇지만."

"그리고 켕기는 게 있거나 한 건 김지은 씨죠. 마약을 했다고 한다면 누가 봐도 김지은 씨 아니겠어요? 누가 나랑 김지은 씨랑 착각한 거 아니에요? 아니면 김지은 씨랑 모종의 관계가 있는 사람이 김지은 씨가 한 행동을 나한테 덮어씌우는 거 아니에요?"

"그건 또 무슨 소리예요?"

"김지은 씨 분명히 매일 약 같은 거 먹고 있었다고요."

"약이요?"

"내가 분명히 봤다고요. 누가 마약을 했다고 한다면 분명히 김지은 씨가 했어요."

⋮

'김지은'

"뭐? 약? 그건 또 누가 말한 거야?"

"그게 자세하게 이야기하긴 좀 그렇고요." 나는 너무 사생활을 건드는 것 같아 미안한 마음에 우물거렸다.

"뭐, 그것 보다 나는 진짜 결백해서 그러는 거거든. 그거 우울증 약이야. 근데 내 약이랑 최영근 선생님 살인사건이랑 무슨 연관이 있다고 이러는 거야?

"그게 그러니까."

내가 머뭇거리고 있자 김지은 씨가 갑자기 내 손목을 꽉 움켜쥐었다.

"근데 진짜 궁금해서 그러는데 내가 우울증 약 먹는다는 거 누가 말해줬어?"

"그게 저도 건너 건너 들은 거라."

"아무한테도 말한 적 없는데. 최영근 쌤 말고는."

"네? 최영근 선생님은 알고 계셨어요."

"어쩔 수 없지. 약을 사야 하는데 돈은 없고. 돈 가진 사람은 최영근 쌤밖에 없는데."

"아."

"약이 한두 푼 하는 것도 아니고. 어쩔 수가 없잖아. 돈 가진 사람이 최영근 선생님밖에 없는데."

"최영근 선생님 말고는 진짜 아무한테도 말한 적 없으세요?"

"누가 그런 걸 말하고 다녀? 그리고 내가 약 먹는 걸 본 사람도 없는데."

．
．
．

'허우덕'

나는 잠시 편의점에 커피를 사러 간다고 하고 밖으로 나왔다. 골목으로 들어가 주위에 누가 없다는 것을 확인한 후 허우덕 씨에게 전화를 걸었다.

"우울증 약이라고? 아닌 거 같던데. 그러고 보니까 최영근 씨도 김지은 씨가 약 먹는 걸 알아서. 최영근 씨랑 약 이야기를 하는 걸 들은 적이 있긴 해요."

"네?"

"최영근 씨가 김지은 씨가 약 먹는 걸 보고 궁금해서 물어봤거든요."

"네? 뭐라고 했는데요."

"아, 그러고 보니. 약 이름이 시팔로프람인가? 에스뭔로프람? 인가라고 했던 거 같은데. 뭐 이러면서 최영근 씨가 궁금해서 어디 쓰는 약이냐고 물었는데 김지은 쌤이 정색한 적이 있긴 했어요."

"진짜요?"

"그러니까 나는 잘 몰라. 무슨 약인지는 몰라요. 먹어본 적이 없으니까. 그때 다들 돈이 없어서 두통 같은 게 있어도 다 참고 그랬는데. 그깟 약 한 알이 얼마나 비싸다고 그렇게 정색해. 그래서."

"그래서요?"

"예신 쌤이 자기도 있다면서 보여줬어."

"네? 예신 쌤이 보여주셨다고요?"

"응. 예신 쌤은 진짜 천사야, 천사. 사람들이 말다툼이 있거나 하면 언제나 좋게 좋게 해결해 주니까."

"근데 예신 쌤도 다른 단원분들이랑 마찬가지로 돈이 없지 않았나요?"

"그랬지."

"근데 어떻게 그 약을 구했을까요?"

"글쎄, 그건 나도 모르지. 어쨌든 예신 쌤은 진짜 천사야. 항상 다른 사람을 보살펴 주니까."

허우덕 씨가 시팔로프람이라고 대충 말한 약의 정식명칭은 시탈로 프람이다. 선택적 세로토닌 재흡수 저해제 계열의 항우울, 항불안제이다. 이 약은 우울증, 공황장애, 강박장애를 치료하기 위하여 사용되는 약으로 한창 힘들 때 나도 처방받은 적이 있는 약이었다. 정신과 의사의 처방전이 필요한 약을 하예신 씨가 가지고 있다는 사실이 의문점이었다. 하예신 씨는 음악치료 프로그램으로 많은 환자를 만나왔고 지금도 만나고 있다. 음악치료 프로그램에 오는 사람 중에는 우울증 환자들도 많을 것이고 하예신 씨는 이 약에 대해서 알고 있을 수는 있다. 그래도 이 약을 마음대로 구할 수는 없었다. 이야기가 의문투성이라 나는 골든트라이앵글 이야기를 꺼내고 말았다. 김은우 씨가 제기한 허우덕 씨에 대한 의심을 약간 내비치고 말았는데 돌아온 반응이 놀라웠다. 허우덕 씨는 내가 알던 그 사람 좋던 허우덕 씨가 아니었다.

"뭐라고? 누가 그러던데!" 허우덕 씨는 언성을 높였다.

"아니요. 누가 그랬다는 말은 아니고요."

"아, 미안해요. 소리쳐서."

"아, 아니에요."

"근데 루리 선생님 이거 말이 안 되는 소리란 거 아시죠."

"네?"

"그리고 마약이라는 것이 한국에서는 위험하다는 인식이 있어도 외국에서는 그렇지 않다고요."

"네?"

"그러니까 마약이라는 거 자체는 위험한 게 아니라고요. 오용이나 남용하는 게 문제라는 거예요."

"네? 그래도 마약은 위험하지 않나요?"

"뭐가 위험해요? 그럼 핵에너지를 만드는 공장 있는 데가 세계에서 제일 위험하게요? 그럼 미국이 전 세계에서 가장 위험해요? 아니죠. 그 핵폭탄을 함부로 쓰고 잘못 쓰는 북한 같은 나라가 위험한 거예요."

"아, 그건 듣고 보니 그러네요." 묘하게 설득력이 있는 논리였다.

"그러니까 마약 만드는 곳이 위험하다는 게 미친 소리야. 마약 하는 사람들이 많은 데가 위험하지."

"네?"

"아, 미안해요. 격한 단어를 써서. 그러니까 제 말은 마약을 만드는 곳보다 마약을 하는 사람들이 많은 곳이 상대적으로 위험하다는 말이에요."

"아, 그러네요."

"그러니까 제가 파견 가기로 한 곳이 위험한 지역이라는 소리가 개소리에요. 아 죄송해요, 이런 단어를 자꾸 써서."

나는 차분한 이미지인 허우덕 씨가 갑자기 험한 단어를 써서 좀 놀랐다.

"아니에요. 괜찮아요."

"진짜 위험한 데는 제가 파견 가기로 한 훼이싸이가 아니라 대도시죠. 왜냐? 훼이싸이에 사는 사람들은 가난하거든. 가난해서 마약을 살 돈이 없단 말이야. 왜, 스타벅스 커피콩 기르는 사람들 얘기 못 들어봤어요?"

"네? 여기서 갑자기 스타벅스 얘기가 왜?"

"스타벅스 커피콩 어디서 기르는지 알아요?"

"아, 아니요."

"그게 아프리카나 남미 같은 곳에서 다 기른단 말이야."

"그래요?"

"그래. 아프리카 사람들이 개고생하면서 스타벅스에서 쓰는 커피 콩을 기른단 말이지. 아, 죄송해요. 이런 단어를 써서."

"아."

"근데 아프리카 사람들이 스타벅스 커피 사 먹을 돈이 있을까?"

"아."

"커피를 처음 만들어낸 에티오피아 사람들 연간소득이 931달러에요. 1년에 백만 원 정도 번다고요. 하루에 2,800원 정도로 버텨야 하는데, 거기서 하루에 4천 원짜리 커피 사 먹으면 어떻게 될까요?"

"안 되죠."

"그러니까 하루에 3천 원도 안 되는 돈으로 살아야 하는데 4천 원짜리 커피 사 먹으면 바로 파산이죠."

"그러네요."

"그러니까 골든트라이앵글 지역도 똑같아요."

"아."

"골든트라이앵글이 위험할 이유가 하나도 없어요. 왜냐, 골든트라이앵글에 사는 사람들은 마약을 기르지만, 마약을 안 하거든, 아니 못하지."

"아."

"골든트라이앵글에서 생산하는 마약을 소비하는 지역이 위험한 거야. 그러니까 방콕 같은 곳. 라오스로 치자면 수도인 비엔티엔이 훨씬 위험한 거지."

"아, 그렇구나" 나는 거의 다 설득이 되어버렸다. 차분하고 인자하던 허우덕 씨는 마약 이야기할 때는 완전히 딴사람이 된 것 같았다.

"그러니까 골든트라이앵글지역이 위험하다면서 파견을 보내지 말아야 한다는 게 완전 개소린 거지요."

"아."

"그래도 다행히 사무소장님이 그런 개소리에 안 휘둘러서 다행이지만."

"네? 사무소장님이요?"

"네. 국제봉사단 라오스 사무소장님은 다행히 말이 통하는 분이라서 다행이죠."

"아, 그래요?"

"그러니까 내가 사무소장이랑 친하다, 둘이서 뭘 꾸민다는 이야기는 말도 안 돼요."

"네?"허우덕 씨는 물어보지도 않은 사무소장과의 관계에 대해 열심히 설명하기 시작했다.

"나는 사무소장이랑 개인적으로 이야기 한 적도 없다니까."

"그래요?"

"물론이지. 그냥 같은 장소에서 예배드리고 그냥 인사하고 그게 다였다니까."

"네? 사무소장님도 같은 교회 다니셨나요?"

국제봉사단 해외사무소에는 한국에서 파견 나온 직원들과 현지 직원들이 같이 일한다. 이 사무소 전체를 운영하는 사람이 해외사무소장이다. 사무소장은 한국과 해당 개발도상국이 함께하는 개발협력사업은 물론 봉사단원의 관리까지 모든 국제봉사단 일을 책임진다. 국제봉사단 라오스 사무소장은 이름이 오성수로 영어로 오, 홀리워터로 불렸다고 한다. 이름부터가 독실한 신자의 냄새가 풍겼다. 허우덕 씨는 뭔가 말하지 말아야 할 사실을 말한 사람처럼 당황한 표정을 지었다가 재빨리 말을 이어갔다.

"별 관계 아니고요. 같은 교회 다닌 게 다예요."

"예배 끝나고 다 같이 밥도 먹고 그러시지 않나요?"

"내가? 나는 한 번도 교회에서 밥 먹은 적 없어요. 예배 끝나자마자 곧장 집으로 왔지."

"그럼 비엔티엔에 있는 한인 교회에서는 같이 식사하거나 그러지 않나요?"

"그건 그렇죠. 한국에서 하는 건 다하죠. 예배 끝나고 식사도 같이 하고 성가대 만들어서 노래도 하고."

"그래요? 그럼 예배 마치시면 예신 선생님이랑 같이 바로 숙소로 돌아오신 건가요?"

"아니요. 예신 선생님은 남아계셨어요."

"네? 혼자 남아계셨다고요?"

"그렇죠."

"혼자요?"

"아니죠. 성가대 사람들은 다들 남아서 밥도 같이 먹고 노래도 부르고 했죠."

"노래도요?"

"네. 성가대는 활동이 활발했으니까."

"예신 선생님이 성가대도 하셨나요?"

"예신 선생님이 성악 전공이잖아요. 그래서 성가대 지휘도 하고 그랬어요."

"그럼 사무소장님도 노래도 하고 그랬나요?"

"그럴걸요? 사무소장님도 성가대하셨을 걸? 저번에 성가대 복장 입고 예신 선생이랑 목사님이랑 이야기하는 거 본 적이 있으니까."

"네? 예신 선생님은 목사님이랑 사무소장님이랑 친했던 건가요?"

"목사님이랑은 당연히 친하죠."

"네? 예신 선생님이랑 그 교회 목사님이랑 친하다고요?"

"물론이죠. 목사님이 예신 선생님 친삼촌인데."

"네?"

공산국가인 라오스 비엔티엔에는 한국교회가 놀랄 만큼 많이 있다. 한국인 선교사들도 150명이나 활동하고 있다고 한다. 라오스에서 활약하는 한국 선교사들의 숫자는 다른 나라들을 압도해 미국에서 파견한 선교사들보다도 훨씬 많은 숫자라고 한다. 공산주의 국가인 라오스에서는 기독교 전도가 불법이라 이 선교사들은 영어학원이나 협력병원을 운영하면서 선교활동을 펼친다. 하예신 씨의 삼촌은 한국에서 의사생활을 10년이나 한 의사였다. 의료봉사를 하러 왔다고 병원을 차려놓고는 사실은 교회를 운영하고 있었다. 나는 하예신 씨 삼촌의 이름을 인터넷에서 검색해 보았다. 하예신 씨 삼촌은 정신과 전문의였다.

⋮

'하예신'

"사건 당일 무슨 일이 있었는지 궁금하죠?"

"네?"

"그럼 이거 보세요."

"네? 이게 뭔데요?"

"라오스 경찰 조사 결과서예요."

"뭐라고요? 이건 어떻게 구하셨어요?"

"그건 가르쳐드릴 수가 없고요. 이거 보시면 최영근 선생님 살인사건에 관한 객관적인 사실을 다 확인할 수 있으실 거예요. 번역도 외교부를 통해서 했고 공증까지 받은 자료니 위조나 변조 여부는 걱정 안 하셔도 돼요."

라오스 경찰의 조사 결과 밝혀진 사실은 다음과 같다.

사건번호 비엔티엔 검찰청 2019-제210205호
피해자 최영근
사망일시 2019년 1월 10일 21시 35분

내사 보고는 영장을 청구하기 전 경찰이 조사한 내용이었다. 먼저
사진자료, 한국인 봉사단원들을 대상으로 한 대면조사, 부검결과, 피
의자를 심문한 진술조서, 최종결론 순으로 정리되어 있었다.

⋮

사진자료(영상자료, 피해자 사진)

최영근 씨는 자신이 거주하고 있던 빌라 건물에 인접해 있던 공사
현장에서 추락사했다. 시체가 발견된 곳은 최영근 씨가 살고 있던 빌
라의 옆에 있는 건물로 공사가 진행 중이었다. 사진에서도 확인할 수
있지만 건물은 공사가 진행 중이다가 중단되었는지 층별로 바닥의
공사만 진행되어 있었다. 건물 반쪽은 허공을 향해 뻥 뚫려 있었다.
최영근 씨가 거주했던 빌라 건물에서 찍은 사진을 보면 최영근 씨의
빌라는 물론 다른 여섯 명이 거주했던 빌라에서도 사고가 일어났던
건물에서 어떤 일이 일어나고 있는지 전부 육안으로 확인할 수 있을
정도였다.

⋮

대면조사 보고서

대면조사 보고서에는 경찰이 각 단원들과 인터뷰를 한 내용이 실려 있었다. 처음에 라오스 경찰은 모든 봉사단원이 범인일 수 있다는 가능성을 두고 조사를 진행했다.

김지은 씨의 범행 동기는 충분했다. 첫째, 최영근 씨로부터 막대한 금액의 돈을 수령한 것이 밝혀졌다. 돈 문제가 점점 불거져 김지은 씨가 최영근 씨를 살해한 거 같다는 것이 현지 경찰의 추정이었다. 김지은 씨는 각종 쇼핑뿐만 아니라 우울증 약을 구하기 위해서 큰돈이 필요했고 처음에는 최영근 씨도 돈을 흔쾌히 내주었다고 한다. 하지만 시간이 지날수록 상황이 변했다. 최영근 씨는 우울증 약을 줄여 보는 게 어떠냐며 김지은 씨의 상태에 대해 간섭하기 시작했다. 김지은 씨는 우울증 약은 아무리 상태가 좋아져도 계속해서 복용해야 한다며 정신과 의사들도 항상 그렇게 강조한다고 했다. 최영근 씨는 그렇게 계속 약을 먹으면 결국에는 정신병원에 간다며 옛날 사람들이나 믿고 있는 이상한 논리를 들이댔고, 이 문제 때문에 다툼이 늘었다고 한다. 김지은 씨는 최영근 씨가 돈 때문에 약을 줄이라고 한다고 의심했고 시간이 갈수록 돈 문제 때문에 둘 사이에 다툼이 많았던 사실을 실토했다.

두 번째, 김지은 씨는 라오스 현지인 너이(31세)와 교제했다는 사실이 밝혀졌는데, 김지은 씨는 이 사실을 최영근 씨가 사무소에 알렸다고 믿고 있었다. 국제봉사단 사무소에 확인 결과 최영근 씨는 김지은 씨와 현지인의 교제 사실을 사무소에 알리지 않은 것이 확인되었다.

허우덕 씨 또한 다음의 세 가지 이유로 최영근 씨의 살해 동기는 충분한 것으로 보였다고 한다. 첫째, 피해자 최영근 씨는 평소 허우덕 씨의 부자연스러운 눈썹을 조롱했다. 심지어 라오스어로 별명까지 만들어 허우덕 씨를 분노하게 했다.

두 번째, 허우덕 씨는 12월 29일 일요일 평소 사이가 좋지 않았던 최영근 씨와 돈 문제로 다투었던 사실을 인정했다. 허우덕 씨가 교회에 헌금을 해야 한다고 재차 부탁했음에도 불구하고 최영근 씨는 돈을 빌려주지 않았다. 돈을 빌려주지 않았을뿐더러 다른 사람들이 다 보는 앞에서 핀잔을 주었다. 무엇보다 허우덕 씨의 종교적 신념을 비꼬는 발언까지 해서 앙금이 생겼을 가능성이 크고 허우덕 씨는 이날 큰 치욕을 당했다고 분개했다.

마지막으로 허우덕 씨는 건강 때문에 힘들어했다. 일요일마다 모종의 치료를 받고 있었는데 최영근 씨 때문에 치료를 못 받게 되었다고 모호한 진술을 했다고 한다. 그리고 결정적으로 최영근 씨 사건 후 트라우마 치료를 이유로 건강검진을 받아야 한다고 하자 빌라에서 뛰어내렸다. 여기에 대해서 추가적인 조사를 진행해야 한다고 적혀 있었지만 아무리 찾아봐도 추가조사 내용은 없었다.

김은우 씨는 최영근 씨가 살해된 시간에 김지은 씨와 함께 방에 있었다는 사실을 알리바이로 제시했다. 그리고 알리바이를 증명할 사람으로 동료 단원 김하나 씨를 제시했다. 그 시간에 김지은 씨와 김은우 씨는 왜 단둘이 한 방에 있었을까? 그리고 김하나 씨가 어떻게 둘의 알리바이를 증명할 수 있었을까?

최영근 씨의 사망시점은 밤 열한 시 경이었다. 시체가 국제봉사단 단원들의 숙소에 인접한 공사장에서 발견된 것으로 보아 그 시간까지 세 사람이 같이 있었다는 사실을 입증할 수 있으면 무혐의가 되는 것 아니냐고 김은우 씨는 주장했다.

김하나 씨는 김은우 씨가 사건이 발생한 1월 10일 밤 열 시부터 김은우 씨와 김지은 씨가 같은 방에 있었다는 알리바이를 증명했다. 김하나 씨는 김지은 씨와 같은 빌라에 머물고 있었는데 사고 발생 시점인 1월 10일 저녁 김지은 씨가 김하나 씨의 알리바이를 증명했고 김하나 씨는 김지은 씨와 김은우 씨의 알리바이를 증명했다. 김은우 씨와 같은 빌라에 머물고 있던 허우덕 씨는 사건이 발생한 시각에 잠이 들어 있었다고 한다. 평소에 건강상의 문제로 저녁 아홉 시에는 잠이 들었다는 다른 사람들의 증언으로 미루어보아 사실인 것으로 보인다고 적혀 있었다.

오미령 씨는 사건 발생 당일인 1월 10일 4층에 있는 자신의 빌라에 혼자 있었다. 생리통 약을 먹고 일찍 잠들었다고 증언했다. 빌라 밖으로 나간 흔적이 보이지 않았고 3층에 있었던 김지은 씨와 김하나 씨 또한 4층에 사는 오미령 씨가 내려가는 소리를 듣지 못했다고 알리바이를 증명해 주었다.

하예신 씨는 완벽한 알리바이가 있어서 용의자에서 맨 먼저 제외되었다. 하예신 씨는 사고가 일어난 1월 10일 저녁 열한 시경 사고 발생 지점과는 100km 넘게 떨어진 다른 도시에 있었고 이는 그 지역 사람들에 의해서 입증되었다.

⋮

부검 결과 및 의학적 소견

감식 결과, 놀랍게도 피해자 최영근 씨의 몸에서는 우울증 처방약 성분인 시탈로프람이 검출되었다. 이 약은 앞서 말했다시피 선택적 세로토닌 재흡수 저해제 계열의 항우울, 항불안제로 우울증, 공황장애, 강박장애를 치료하기 위하여 사용되는 약이다. 조사 결과 최영근 씨 본인이 인근 약국에서 이 약을 구입한 것으로 밝혀졌고, 약국 주인도 최영근 씨가 한국 의사에 의해 발행된 처방전을 가지고 자주 이 약을 구입하러 왔었다고 증언했다.

경찰 조사는 국제봉사단과 현지 대사관 접촉 후, 살인사건을 우울증과 약 부작용에 의한 낙상사고로 끌어가고 있었다. 최영근 씨가 우울증 약을 구입했고 이 약에는 부작용이 있다는 것이 주된 이유였다. 영국의 식품의약청 Medicines and Healthcare products Regulatory Agency가 2010년 5월 발표한 항우울제의 골절의 위험에 관한 역학 연구를 의학적 소견으로 들고 있었다. 시탈로프람를 복용하는 50세 이상의 환자들에게서 순간적으로 뼈골절의 위험도가 증가한다는 것이 밝혀졌다고 적혀 있었다. 시탈로프람을 복용한 노년층 환자들의 낙상 사고가 비정상적으로 많이 보고되었다는 내용도 있었다. 시탈로프람과 낙상의 위험 사이에 관계는 명확하지는 않지만, 몇몇 연구들에서 항우울제의 사용과 순간적 골밀도의 감소가 관계가 있는 것으로 밝혀졌다는 논문이 첨부되어 있었다. 보고서에서는 이 연구 결과를 참조해 약에 의한 실족사고 가능성을 가장 유력하게 집고 있었다.

⋮

피의자 신문조서

최영근 씨의 시체가 발견된 시점은 사고가 발생하고 9시간이 지난 1월 11일 오전 8시였다. 최영근 씨 사망을 며칠이 지나 확인했다는 오미령 씨의 진술과 번복되는 부분이 있었다. 최영근 씨 사망을 발견한 사람은 라오스인 너이와 한국인 김지은 씨였다. 사고를 발견한 라오스인 너이가 제일 먼저 피의자로 조사를 받았다.

라오스인 너이는 1월 10일 저녁 10시경 피해자 최영근 씨가 자신을 불러 세워 할 말이 있다며 사건 현장 건물의 4층으로 데리고 갔다고 말했다. 여기에서 최영근 씨는 과도하게 흥분하며 자신에게 김지은 씨와 헤어지라고 경고했고, 자신이 이에 대응하지 않자 감정이 격앙되어 자신에게 죽이겠다는 말을 했다고 한다. 대화가 불가능하다고 생각한 라오스 현지인 너이는 즉시 그 공사 중인 건물을 떠났고 다음 날 아침 일어난 너이 씨는 불길한 마음이 들어 다시 그 건물을 찾았다고 한다. 사고건물 1층에서 추락사한 최영근 씨를 찾을 수 있었고 그 즉시 김지은 씨에게 이 사실을 알렸다고 한다.

김지은 씨가 언제 최영근 씨의 사망을 확인했는지는 확실하지 않다. 라오스인 너이가 말한 다음 날 아침인지 사건 당일인지는 밝혀지지 않았다. 하지만 최영근 씨의 사망시간 전후로 김지은 씨는 극도의 불안증세를 보였다. 이유는 밝혀지지 않았지만 사고가 난 시점에 김지은 씨는 김은우 씨 방으로 숨어 들어갔다고 한다.

그날 저녁도 김하나 씨는 평소처럼 소주 한 병을 들고 김은우 씨의 방을 찾았다. 김하나 씨는 김은우 씨가 없자 같은 빌라를 쓰는 허우덕 씨에게 김은우 씨의 행방을 물었다. 허우덕 씨가 상기된 표정의 김지은 씨가 찾아와서 방에 둘이 있다고 답했다. 김하나 씨는 이상한 예감이 들었다. 김하나 씨는 속삭이는 소리가 나는 김은우 씨의 방으로 뛰어 들어갔고 그 안에서 김은우 씨와 김지은 씨가 뭔가 속삭이고 있는 모습을 보았다. 둘의 앞에는 빈 소주병이 있었다. 김하나 씨는 소주병을 거꾸로 잡아 들었다.

⋮

최종의견서

초동수사에서는 현지인 너이의 범행으로 밝혀 결론을 내려고 했다. 경찰은 다음 날 사고 사실을 발견했다는 너이의 말을 믿지 않았다. 범죄자는 현장을 다시 찾는다는 논리가 우세했다. 의약품이 실족 사고를 낳았을 수도 있다는 가능성은 처음에는 무시당했다. 사건은 앙심을 품은 현지인의 살인사건으로 종결되는가 했다. 하지만 사건 종결 시점에 주 라오스 대한민국 대사관 영사관이 개입했다. 수사는 비엔티안 중앙 경찰서로 이첩되었고 경찰청에서 직접 수사를 진행했다. 너이는 최영근 씨 사망사건에 직접적인 연관관계는 없는 것으로 조사 결과가 바뀌었다. 중앙 경찰청은 약물복용에 의한 실족사의 가능성을 가장 크게 보았다.

대한민국 대사관과 국제봉사단이 왜 라오스 현지인의 무죄를 증명하려고 했을까? 대사관의 개입 후 경찰은 부검 결과와 사건 장소의 상황을 고려하여 약물에 의한 실족사로 결론을 내리려고 했지만, 다시 국제봉사단 사무실이 개입했다. 마지막에 국제봉사단 사무소 직원들의 증언이 합쳐져 우울증에 의한 자살로 바뀌었다. 사건은 죽은 자가 혼자 책임지는 것으로 마무리되었다. 약물복용에 의한 실족은 가능성이지 직접적인 사인으로 확신할 수는 없다는 결론이었다.

죽은 사람은 말을 할 수 없다. 그래서 죽음의 이유나 과정까지 살아 있는 사람들에 의해서 정해진다. 누구를 위해서? 살아갈 사람들을 위해서? 아니면 모두를 위해서?

보고서의 내용 중에 내가 가장 이해되지 않는 부분은 통화내용이었다. 통화감청이라도 이루어졌으면 사건의 진상이 밝혀졌을 텐데 그건 없었다. 다만 언제 누구와 통화를 했는지는 다 나와 있었다. 내가 가장 이해할 수 없는 게 최영근 씨가 사망시점 30분 전에 김하나 씨와 전화 통화를 한 점이었다. 이 사실이 현지 경찰도 김하나 씨를 의심하게 된 결정적인 계기였다. 통화한 시간도 29분이나 되었다. 즉 죽기 1분 전까지 전화했다는 사실이었다. 김하나 씨와 최영근 씨는 계속해서 사이가 좋지 않았다. 최영근 씨가 사망하기 전에 사이가 나쁜 김하나 씨와 29분이나 통화했다는 사실이 이해되지 않았다. 또 아무도 주목하지 않았지만 예리한 기자인 내 눈길을 끈 사실은 하예신 씨의 통화내용이었다. 사건 현장에서 멀리 떨어진 곳에 있었던 하예신 씨는 다른 단원들 모두에게 수시로 전화를 걸었다. 김지은 씨나 김하나 씨, 그리고 허우덕 씨와도 통화한 기록이 많았다. 이것보다 훨씬 더 중요한 사실은 최영근 씨는 김하나 씨와 통화를 마치고 죽기 전 마지막으로 걸려 온 누군가의 전화를 받았다는 사실이다. 그 통화는 단 10초 동안만 이뤄졌고 50초 후 최영근 씨는 건물 밑으로 몸을 던져 자살한 셈이 된다. 최영근 씨가 죽기 50초 전까지 통화한 상대는 놀랍게도 나에게 경찰 조사 자료를 건네준 하예신 씨였다.

나는 하예신 씨가 준 자료를 다 읽어보고는 혼란스러움과 함께 하예신 씨가 두려워졌다. 그래도 사건의 진상은 꼭 물어봐야겠다 싶어 용기를 냈다.

⋮

'하예신'

"근데 예신 선생님은 사건 당일에 안 계셨으니까 제가 안심하고 물어보는 건데요. 진짜 김하나 씨가 범인이라고 생각하세요?"

"글쎄요, 굳이 따지자면 용의자들 모두가 살인자가 아닐까요?"

"네? 그게 무슨 말씀이세요?"

"그러니까 최영근 쌤이 사라졌으면 하는 생각을 한 번이라도 했다면 그 사람들 모두 범인 아닐까요?" 하예신 씨는 알 듯 말 듯 한 말을 계속 이어 나갔다.

"그게 도대체 무슨 말씀이세요?"

"사람이 어느 정도까지 극한 감정에 사로잡혀야 사람을 죽이는 일을 할 수 있을까요?"

"네?"

"사람은요."

"……"

"감당할 수 없는 큰 사건이 벌어지면, 그 기억을 없애고 싶어 해요. 기억을 지우기가 힘들어서 기억에 연관된 남을 없애려고 하는 사람은 살인자가 되는 거예요. 그걸 실행하지 못해 자기를 없애려고 하는 사람은 우울증 같은 병에 걸리는 거고요."

"네?

"자기 자신을 없애는 건 엄청난 용기가 필요해요. 이런 결심을 할 수 없는 사람들은 남을 없애는 시도를 하는 거예요."

"네? 그게 도대체 무슨 말씀이세요?"

"남을 죽이는 것도 자신을 죽이는 것만큼 엄청난 용기가 필요한데요. 직접적으로 사람을 죽일 수 있는 사람은 드물죠. 그래서 사람들은 고자질을 한다거나 왕따를 시킨다거나 하면서 그 사람을 고립시키는 전략을 취하기도 하죠."

"네?"

"허우덕 쌤도 자기가 찔리니까 김지은 쌤이 마약하는 것 같다고 찌른 거고요."

"네?"

"김지은 쌤도 자기가 찔리니까 허우덕 쌤을 찌른 거고요. 하나 쌤도 은우 쌤도 마찬가지예요. 결국은 자기가 찔리니까. 그렇다고 자기자신을 찌를 수는 없으니까."

"네?"

"루리 쌤은 누가 없어졌으면 하는 생각해본 적 없어요?"

"네?"

"왜? 우리 다 누가 없어졌으면 진짜 마음 편할 거 같다, 이 사람만보면 진짜 불편해, 이런 생각 한 번쯤은 해보잖아요."

"네? 그게 무슨 말씀이세요? 사람을 없애다니요."

"그런 생각 한 번도 안 해봤다면 좋은 거고요."

"그게 무슨 말씀이세요?"

"사람들은 다 그런 생각 한 번씩 하면서 살아요. 실행에 못 옮길 뿐이지. 누가 생각을 실행으로 옮길 수 있게 용기를 주지 않으면 그냥그렇게 괴롭게 살아가죠."

"네?"

"아니에요. 내가 쓸데없는 말을 했네. 직업 때문에 그렇다고 이해해줘요."

하예신 씨는 다시 원래의 미소를 머금고 내 눈을 응시했다.

나는 한때 자살을 생각한 적이 있다. 나는 한여름에도 짧은 소매의 옷을 입지 않는다. 지금도 내 왼쪽 손목에는 하얀색 상흔이 열 줄 넘게 남아있다. 나는 커터 칼로 손목을 그었다. 나를 괴롭히는 아이들을 모두 없앨 용기가 없었기 때문에 나 자신을 없앨 선택을 했다. 나 자신을 없앨 용기마저도 부족했는지 죽음까지 이르지는 못했다. 손목을 그어도, 그어도 피는 자꾸 멈추었다. 손목을 그으면 피가 멈추지 않아 죽는다는 말은 몇 개의 단어가 부족했다. 팔을 동맥이 끊어질 정도로 푹 눌러 그어야 한다는 단어 몇 개가 빠져 있었다. 나는 내 손목을 긋는다는 문장에서 '푹 눌러'라는 단어를 추가할 용기가 없었다.

⋮

'김은우'

"최영근 선생님은 항상 오지랖이 넓었어요."

"네? 오지랖이요?"

"입을 함부로 놀렸다는 말이에요."

"네? 구체적으로 좀."

"그러니까 남이 연애를 하든 바람을 피든 결혼을 했든 그게 자기한테 무슨 상관이죠?"

"그러니까 누가 연애를 하고, 바람을 피웠단 말씀이신가요?"

"그게 누군지는 중요하지 않고요. 남의 일에 그렇게 사사건건 간섭하는 것 자체가 중요하다고요."

"그게 그렇게 나쁜 일인가요 그게 죽어야 할 만큼 나쁜 짓인가요?"

"나쁜 일이죠. 예신 선생님도 인정했어요."

"네?"

"예신 쌤은 모든 문제에 대한 답을 가지고 계셨거든요."

$\vdots$

'김하나'

"그러니까 저도 처음에는 최영근 쌤이 그렇게 좋지는 않았죠. 인정해요"

"네?"

"그러니까 제가 제일 싫어한 건 아닌데. 그래도."

"왜요?"

"그러니까. 김치 사건도 있었고."

"네? 김치 사건이요?"

"그게 김치를 만들어 먹자는 이야기가 나왔는데."

"네? 김치를 담근다고요? 라오스에서요?" 나는 처음 듣는 얘기처럼 반응해서 더 많은 이야기를 끌어내기로 했다.

"네. 슈퍼마켓에서 사 먹는 김치가 비쌌거든요. 또 맛이 좀 너무 인공적이라고 해야 하나. 중국에서 만든 김치 같기도 하고. 왜? 요즘 중국에서 김치 절이는 영상 나와서 난리 났잖아요."

"네? 그런 영상이 있었어요?"

"못 봤어요?"

"네."

"진짜 토 나온다니까요. 쌤."

"왜요?"

"요즘 식당에 가면 다 중국 김치잖아요."

"그렇죠."

"그 김치가 어떻게 만들어지는지 알아요?"

"어떻게 만들어지는데요."

"그 영상에 나오는 장면이 진짜 사람이 어떻게 먹는 걸 그렇게 할 수 있지, 믿기지 않더라니까요."

"도대체 어땠길래요?"

"진짜 그 영상 봐야 해. 깍두기 머리한 남자가 수영장 같은데 들어가 있어."

"엥? 깍두기 아저씨가 수영장에는 왜요."

"그러니까 그 수영장 같은 곳에 아저씨가 홀딱 벗고 들어가서 배추를 씻는데."

"와 진짜요?"

"그렇다니까. 대국은 대국이에요, 진짜."

"맙소사."

"씻는 방식이 더 압권이에요."

"네?"

"그러니까 포클레인이, 그거 뭐야, 흙 푸는 거 있잖아."

"아, 네. 포클레인 맞아요."

"그 흙 푸는 걸로 배추를 퍼 넣는 거예요, 쌤."

"에이."

"진짜라니까. 그렇게 대규모로 안 하면 그 가격이 나오겠어요?"

"그건 그러네요."

"그렇게 포클레인 흙 푸는 기계에 묻은 녹이랑 그 깍두기 머리 아저씨 알몸으로 샤워한 국물이랑 섞여서 간이 되는 거라니까요."

"우엑, 진짜요."

"라오스에서 파는 김치가 그렇게 만들어졌을지 누가 알아. 한국에서 파는 김치도 못 믿겠는데."

"웩."

"최영근 선생님은 김치를 꼭 먹어야겠다고 하고, 그렇게 만들어지는 김치를 먹을 수는 없잖아요."

"네."

"그래서 우리가 김치를 직접 만들기로 했어요."

라오스 봉사단원들의 김치 만들기는 이른 아침부터 시작되었다. 아침잠이 많은 20대 여자아이들이 일어나 새벽 장에 갔다. 새벽 장에서 신선하고 숨이 살아 있는 배추를 구하기 위해서 두 시간이나 돌아다녔다. 최영근 씨가 돈을 냈고 100통이 넘는 배추는 김하나 씨가 옮겨야 했다. 그리고 집에 돌아와서 김치를 만드는 과정은 더 심했다고 한다. 최영근 씨를 비롯한 남자들은 가만히 있고 여자들이 김치에 소금을 뿌려 숨을 죽였다. 여자들은 눈물을 흘려가며 마늘을 까고 고춧가루를 뿌려서 양념을 만들었다. 여자 단원들이 100통이나 되는 배추에 김치 양념을 바르는 중에 최영근 씨는 수육을 사 와서 김치가 만들어지는 데로 북북 찢어서 고기를 쌈 싸서 먹었다.

"근데 사실 저는 김치 먹지도 않아요."

"네?"

"그러니까 저는 제가 만든 김치를 먹지도 않았어요. 김치 안 좋아해요."

"진짜요?"

"근데 제가 반장이에요. 그래서 다들 김치를 먹으니까 제가 나서서 만들기로 했는데, 최영근 쌤 때문에 진짜 좀 그랬어요."

"네? 아, 네. 진짜 그랬겠네요."

"최영근 선생님 방식이 다 그렇긴 했어요."

"네? 그게 무슨 말이세요?"

"반장은 저잖아요."

"네."

"근데 최영근 선생님은 뭐 하자, 뭐 하자는 말만 하고 최영근 선생님이 하자는 일을 실행하는 건 다 저였어요."

"아."

"예신 쌤도 그랬어요. 최영근 선생님 때문에 제가 고생한다고."

"네?"

"진짜 예신 쌤이 이야기해 주시기 전까지는 몰랐는데요, 진짜 저는 영근 쌤이 원하는 걸 나서서 다 들어주고 있더라고요. 고생은 제가 다 하고 다 같이 하는 일이라서 욕도 반장인 제가 다 먹고."

"하나 선생님 이제 말씀해 주세요. 도대체 하예신 씨가 왜 자꾸 나오는 거죠? 도대체 하예신 씨는 모두에게 뭘 하신 거죠?"

"그게."

"마지막으로 최영근 선생님이랑 통화하셨죠?"

"그걸 어떻게?"

"그리고 최영근 선생님이랑 통화하시기 전에 하예신 선생님한테 전화 받으셨죠."

"그걸 어떻게?"

"그러니까 이제 다 말해주세요."

놀랍게도 최영근 씨와 김하나 씨는 협동해서 김은우 씨를 감시하고 있었다. 김은우 씨뿐만 아니라 김지은 씨도 끝까지 최영근 씨와 김하나 씨의 사이가 나쁘다고만 생각하고 있었다. 그래서 둘이 같이 자기들을 감시하고 있다고는 상상도 하지 못했다. 나도 이런 생각은 한 번도 해본 적이 없었다.

그날 밤은 스산한 바람이 라오스의 대기를 흐트러뜨리고 있었다.
대낮의 강렬한 열기가 가시고 서늘한 바람이 숙소 옆 빈 건물에 밀려
들고 있었다. 반만 만들어져 나머지 반의 나체를 드러내고 있는 건물
은 구석구석 바람이 흘러들어 먼지가 회오리치고 있었다.

"에취!"

난간도 없이 시멘트로 대충 연결된 계단을 오르고 있는 최영근 씨
의 코 안으로 먼지가 훅 밀려 들어왔다. 반바지에 반팔 셔츠만 걸친
최영근 씨는 스산한 공기에 셔츠의 마지막 단추까지 채웠다. 목이 갑
갑했지만, 추위가 가셔서 한결 기분이 나아졌다. 5층으로 올라가자
김은우 씨의 방안이 훤히 보였다. 김은우 씨는 뭔가를 준비하는 것
같았다. 술안주 같은 것을 준비하고 있었다. 기분이 좋아 보였다. 김
지은 씨는 그때까진 자기 방 안에 있었다. 최영근 씨는 20배 줌의 카
메라를 앞세워 김지은 씨의 방을 향해 조준했다. 이 모든 광경을 건
물 뒤쪽에 숨어있는 너이가 보고 있었다.

"이 변태 같은 새끼." 너이는 라오스어로 이렇게 소리쳤다. 너이는
김지은 씨의 방을 촬영하고 있는 최영근 씨를 향해 서서히 걸어갔다.

"따르릉"

갑자기 최영근 씨의 전화벨이 울렸다. 최영근 씨는 한 손으로 카메라를 들고 전화를 받았다. 전화기에서 들리는 소리를 듣자마자 최영근 씨는 급히 뒤를 돌아봤다. 검은 그림자가 자기에게 뛰어들었다. 길쭉한 렌즈와 함께 뒤에서 덮쳐드는 너이를 본 최영근 씨는 몸을 휙 하고 돌렸다. 길쭉한 망원렌즈가 너이의 머리를 때리며 둔탁한 소리가 났다. 너이는 카메라를 낚아채려고 했다. 그때 최영근 씨는 카메라를 뒤로 빼기 위해 뒷걸음쳤다.

"아아악."

국제봉사단 단원들이 있는 건물에서도 건너편 건물에서 벌어지고 있는 일이 훤히 보인다. 김하나 씨가 김은우 씨와 김지은 씨가 같이 있는 방으로 들어갔다. 김하나 씨의 한 손에는 소주병이 거꾸로 들려 있었다.

"근데 제가 진짜 이해가 안 되는 게 있는데요."
"뭔데요?"
"어떻게 최영근 선생님이랑 같이 행동한 거예요?"
"이제 제가 최영근 선생님을 죽이지 않았다는 게 확실해졌죠? 공동의 적을 만들면 친구가 된다고 하잖아요. 제가 최영근 선생님을 죽이다니요? 말도 안 돼요. 우리는 마지막에 친구가 되었는걸요. 김은

우 쌤, 바람기를 잡으러 다니면서 사이가 정말 좋아졌다고요. 예신
쌤이 했던 말이 다 맞았어요."

"네? 예신 선생님이요?"

⋮

'하예신'

"도대체 최영근 씨가 돌아가시기 바로 직전에 전화통화로 뭐라고
하신 거예요?"

"알려줬죠."

"네? 뭘 알려줘요?"

"누군가 그 사람을 죽이려고 하는 위험이 있으면 알려줘야 하는 게
사람으로서 도리 아닌가요?"

"그렇게 멀리 떨어져 계셨으면서 위험이 닥칠지 어떻게 아셨어요!"

"그건 비밀이죠."

"그리고 뭐라고요? 사람으로서 해야 할 도리라고요?"

"물론이죠."

"지금 사람으로서 해야 할 도리라고 하셨어요!"

하예신 씨는 제일 먼저 임지로 떠났다. 하예신 씨가 임지로 떠난
날은 최영근 씨가 사망한 날, 바로 그날 아침이었다. 최영근 씨가 살
해당한 날에 하예신 씨는 비엔티엔에 없었기 때문에 초기 수사대상

에서도 하예신 씨만 제외되었다. 라오스 현지 경찰은 하예신 씨를 조사하지도 않았다. 피해자가 살해당한 날 300km 떨어진 곳에 있었던 하예신 씨의 알리바이가 완벽했기 때문이다.

하예신 씨를 데려갈 밴은 새벽에 도착하기로 되어 있었다. 하예신 씨가 파견될 기관은 고산지대인 싸이나뿌리였다. 싸이나뿌리에는 한국 슈퍼마켓이 있어 많은 짐을 챙겨갈 필요가 없었다. 하예신 씨는 사실 그렇게 많은 짐이 없었다. 현지 교육 첫날부터 한국에서 가져온 식재료 같은 것을 사람들에게 많이 나눠주어서 짐이 많이 줄어 있었다. 하예신 씨는 전날 저녁부터 차근차근 파견을 준비하기 시작했다. 파견 당일 새벽, 아침잠이 없었던 최영근 씨가 하예신 씨의 짐 옮기는 것을 일찍부터 도와주었다고 한다. 하예신 씨의 빌라는 4층에 있었고 엘리베이터가 없는 건물에서 여행 가방을 옮기는 일은 쉬운 일이 아니었다. 평소에도 라오스 현지 식당의 밥 양이 적다고 이 인분씩 시키던 최영근 씨는 노령에도 불구하고 자기 팔뚝을 보이며 하예신 씨의 짐꾼을 자처했다. 하예신 씨가 일어나기 전부터 일어나 준비했다고 한다. 최영근 씨는 하예신 씨에게 작은 가방만 옮기게 하고 큰 가방은 모두 자신이 1층 로비로 옮겼다. 서늘한 새벽 날씨였지만 무거운 가방을 들고 계단을 이동한 탓인지 최영근 씨의 상의는 땀에 젖어 축축했다. 모든 짐을 밴에 넣고 하예신 씨가 차에 타기 전에 최영근 씨가 하예신 씨를 불렀다.

"이제 가는 거니?"

"네, 최 쌤. 진짜 고마웠어요."

"뭐가."

"오늘 새벽부터 짐 옮겨주신 것도 그렇고 지금까지 챙겨주신 것도 그렇고요."

"아니야, 내가 뭘 해준 게 있다고."

"진짜 고마워요, 쌤. 그럼 안녕히 계세요."

"아니, 앞으로도 안전회의다 뭐다 해서 자주 만날 텐데 뭘 이제부터 못 만날 사람처럼 작별 인사를 해."

최영근 씨가 손을 내밀어 악수하려고 하자 하예신 씨는 약간 뒷걸음을 치며 최영근 씨의 손을 잡는 것을 피했다. 악수를 거부당한 최영근 씨가 멋쩍어서 뒷머리를 긁고 있을 때 사무실 사람들과 운전기사가 나와서 출발을 재촉했다. 모든 사람이 두 사람을 주목하고 있자 하예신 씨는 말했다.

"최 쌤, 우리 마지막으로 포옹 한 번 해요."

"어?"

"아빠 같아서 그래요. 마지막으로 한번 안겨보고 싶어요."

우리가 포옹할 정도로 가까운 사이던가, 라고 생각하며 최영근 씨는 갑작스러운 포옹 제안에 잠시 머뭇거리더니 말했다.

"그래, 우리 딸. 한 번 안아보자."

두 사람은 10초가 넘는 시간 동안 작별 포옹을 나눴다. 사무소 사람들과 이웃들을 포함한 모든 사람이 두 사람의 작별 포옹 모습을 애틋하게 쳐다보았다. 하예신 씨를 꼭 껴안고 있는 최영근 씨의 눈은 젖어 들었다. 최영근 씨의 품에 안겨 있는 하예신 씨는 실눈을 뜨고 주위 사람들을 둘러보고 있었다. 너무 꼭 안겨 있어서 잘 보이지는 않았지만, 최영근 씨의 등 뒤에 있던 허우덕 씨의 눈에는 하예신 씨의 손이 보였다. 하예신 씨의 팔은 최영근 씨의 허리에 붙어 있었지만, 손은 몇 cm 떨어져 있었다. 확실히 하예신 씨의 모든 손가락은 포옹을 나눈 10초 내내 최영근 씨의 몸에서 떨어져 있었고 하예신 씨는 웃고 있었다.

하예신 씨는 최영근 씨의 귀에다 대고 이렇게 말했다.

"최 쌤 제가 가더라도 그 세 사람 감시 좀 잘해주세요. 몇몇 사람이 멍청한 짓을 해서 저희 국제봉사단 명예에 먹칠하면 안 되잖아요."

：

'하예신'

내가 아직 하예신 씨에게 물어보지 않은 내용이 있었다. 최영근 씨는 사고가 발생하기 전 하예신 씨와 전화 통화를 했다. 나는 최영근 씨가 사고가 있기 직전 마지막으로 하예신 씨와 대화한 내용이 궁금해서 견딜 수 없었다.

"예신 선생님 이제 다 끝나서 여쭤보는 건데요."

"네? 루리 쌤 아직 궁금한 게 있으세요?"

"진짜 제가 기사고 뭐고 다 치우고, 그냥 궁금해서 그러는 건데요."

"네. 편하게 물어보셔요." 하예신 씨는 예전과 같은 따뜻한 미소를 지으며 차분하게 내 눈을 응시했다.

"진짜, 진짜 제가 그냥 궁금해서 물어보는 건데요."

"에이. 뭔데 그래요? 뜸 들이지 말고 그냥 물어보세요. 저 루리씨 안 잡아먹어요."

나는 왼손에 힘을 주어 휴대폰을 꼭 쥔 후 물었다.

"그날요. 최영근 선생님이 돌아가시기 직전에 둘이 전화 통화하셨 잖아요."

"그거라면 아까도 말했고, 경찰에도 다 말했을 텐데. 최영근 선생님이 계속해서 자살 암시 신호를 보였다고. 제가 심리 상담을 하다 보니 그런 메시지에 익숙해서요. 그냥 걱정돼서 전화해 본 거예요. 사람의 감이라는 게 참 신기하죠?"

"진짜 그게 다였어요?"

"그게 다라뇨?"

"진짜 예신 선생님은 그냥 걱정돼서 전화하신 건가요?"

"네? 그럼요."

"아무 말씀도 안 하신 건가요? 10초 동안?"

"전화를 걸어놓고 아무 말도 안 하고 있을 순 없죠." 하예신 씨는 웃으면서 말했다.

"도대체 무슨 말을 하신 건가요?"

"그냥 원래 상담에서 하는 식으로 의례적인 말을 하긴 했죠."

"의례적인 말이요?"

"네."

"도대체 그게 무슨 말이었는데요?"

"그게 그렇게 궁금해요?"

"네. 제가 진짜 궁금해서 그러는 거거든요."

"아무 말 아니에요."

"……"

"그냥 위안이 되라고 노래 한 소절 불러줬어요."

"네? 그 상황에 노래라고요?"

"왜 이렇게 흥분하세요?" 하예신 씨는 다시 미소를 지어 보였다.

"그러니까 그게 무슨 노래였는데요!"

나도 모르게 소리를 빽 지르고 말았다. 하예신 씨는 잠시 숨을 가다듬더니 웃으며 차분하게 말했다.

"그냥요. 날 수 있다는 내용이에요."

"뭐라고요?"

"날 수 있다고. 그냥 제가 자주 쓰는 용기를 북돋아 주는 노래예요. I believe you can fly. 제가 농담처럼 이 노래 한 소절을 우울증 환자들한테 들려주거든요. I believe you can fly. 선생님은 여러분이 날 수 있다고 생각해요, 라는 뜻이에요."

"지금 뭐라고!"

"아, 원제목은 I believe I can fly인가? 내가 I라고 해야 할 걸 You라고 잘 못 부르고 있나 봐. 호호호." 하예신 씨는 이 말을 아주 재밌는 농담이라고 생각했는지 한참을 웃었다. 하예신 씨의 웃음은 10초 아니 20초 이상 지속되었다.

나는 갑자기 라오스의 하예신 씨 숙소에서 찍어온 감사일기가 생각났다. 하예신 씨가 남긴 흔적이라곤 벽에 붙어 있던 감사일기가 유일했다. 이상한 생각이 들어 하예신 씨와 오미령 씨의 숙소에 감사일

기가 붙어 있던 벽을 찍어왔다. 사진을 확대시켜 보았다. 1월 7일, 8
일, 9일…… 최영근 씨가 사망한 10일까지 하예신 씨와 오미령 씨가
작성한 감사일기를 하나하나 살펴보았다.

1월 7일.

오미령: 오늘 예신이가 파스타를 해줬다. 감사하다.

하예신: 오늘은 미령이가 내가 만든 파스타를 맛있게 먹어주었다.
더 감사하다.

1월 8일.

오미령: 예신이 비타민 약을 한 알 나눠주었다. 최근에 힘이 없었
는데 이 비타민 약을 먹었더니 신기하게 활기가 솟았다.
진짜 예신이는 좋은 친구다.

하예신: 삼촌이 비타민 약을 챙겨주었다. 라오스에서 살아가면 영
양소가 부족하기 쉽다.

1월 9일.

오미령. 내일 예신이가 임지로 떠난다. 슬프다.

10일 아침에 하예신 씨가 떠났으니 10일은 당연히 오미령 씨가 쓴
감사일기가 하나밖에 없었다. 이상한 날은 1월 9일 감사일기였다. 8

일까지의 일기는 두 사람이 같이 쓴 것을 알 수 있게 나란히 두 줄로 되어 있었다. 그리고 10일부터는 오미령 씨 혼자 쓴 것을 알 수 있게 두 줄의 중간에 포스트잇이 한 장씩만 붙어 있었다. 하지만 1월 9일은 8일까지 쓴 데로 두 줄을 맞춰서 포스트잇이 붙어 있는데 하예신 씨의 줄에 있는 포스트잇만 없었다. 그러니까 내 추리가 맞는다면 하예신 씨는 9일 저녁 감사일기를 쓰고 하예신 씨든 누구든 나중에 떼어낸 게 된다.

"그리고 진짜 궁금한 게 있어서 그러는데요."

"아, 진짜 궁금한 것도 많네요. 호기심도 심하면 오지랖이 되고 오지랖이 사람을 죽이기도 한다는 말 못 들어보셨어요?"

"뭐라고요?" 나는 하예신 씨가 계속 친절하게 말하는데도 화가 났다.

"그냥 그렇다는 말이에요. 루리 씨 화내는 거 귀엽다." 하예신 씨는 또 소리 내지 않고 웃는 차분한 모습을 보여주었다. 이 차분한 태도가 나를 더 흥분하게 만들었다.

"감사일기 있잖아요."

"네?"

"오미령 씨랑 같이 쓰던 거요. 방에 붙여 놓았던 감사일기 말이에요."

"어머, 그건 또 어떻게 알았데?"

"어떻게 알았는지는 별로 말해주기 싫고요."

"아. 화난 거 너무 귀여워."

"네?" 나는 귀엽다는 하예신 씨의 말이 정말 많이 거슬렸다.

"없어진 9일 감사일기에 뭐라고 적으셨어요?"

"네?"

"예신 선생님이 떠가시기 전날 적었던 감사일기요."

"그게 왜요?"

"그날 감사일기 적고 누가 떼어냈잖아요."

"그걸 어떻게?" 계속해서 차분한 웃음을 보이던 하예신 씨도 이 질문에는 표정이 약간 일그러졌다.

"그러니까 10일부터는 감사일기가 오미령 선생님 혼자 쓴 것처럼 중간에 붙어 있었다고요. 근데 9일 일기는 두 줄로 있는데 예신 선생님 게 없다고요. 저 속일 생각하지 마세요!"

"와 진짜 예리하다. 커서 탐정해도 될 거 같아요, 루리 씨."

"커서 뭐 할지는 제가 알아서 할 테니까 제가 묻는 말에만 답해주세요."

"아. 귀여워." 하예신 씨는 이렇게 말하면서 진짜 만화처럼 까르륵하고 웃음을 터뜨렸다.

"웃지 마세요." 내가 정색하고 말했다.

"내가 9일 감사일기에 뭐라고 썼는지 그게 그렇게 궁금해요?"

"네."

"별 얘기 아니에요. 그냥 이런 내용이었어요."

〈최영근 쌤 행동 보면 전형적인 자살 예고 사인이야. 우리 모두 힘을 합쳐서 그걸 막아야 해. 어떤 사람이라도 생명은 소중한 거니까.〉

최영근 씨는 건물에서 떨어진 후 30초 정도 정신이 남아 있었다. 최영근 씨의 영혼은 하늘을 날아 숙소로 들어갔다. 그리고 숙소에 있던 사람들 하나하나를 찾아가 마지막 작별인사를 했다.

나는 기사의 마지막 문장을 쓰고 저장 버튼을 눌렀다. 국제봉사단 홍보팀 대표계정 메일로 기사를 보냈다. 그리고 잠시 머뭇거리다가 내 컴퓨터에 저장된 기사의 파일을 지웠다.

예상대로였다. 내 메일에 대한 답장은 오지 않았다. 국제봉사단에서는 내가 보낸 기사에 대해서 이렇다, 저렇다 하는 말이 없었다.

나는 그대로 졸업식을 맞이했다. 오빠는 내 졸업식 날에도 자기 방에서 나오지 않았다. 겨울이 지나 도시의 아스팔트에서도 봄의 기운이 스멀스멀 올라오는 날이었다. 답장도 오지 않을 이력서를 몇십 장째 쓰고 있는데 집 벨소리가 몇 번이나 연속으로 울렸다. 택배 아저씨는 한 번만 벨을 울리고 택배 상자를 문 앞에 두고 가기로 무언의 계약이 되어 있었다. 누구지? 카메라에 보이는 사람은 한 번도 본 적이 없는 50대 아저씨였다. 눈이 선하고 양복을 말끔하게 차려입은 것으로 보아 교회나 증산도에서 나온 포교세력인 듯싶었다.

"저기요, 저희 불자거든요."

"잠시만요."

"아니, 잠시고 뭐고. 저희 불교라고요. 나미아무타불 몰라요?"

"저기 잠시 이야기할 게 있는데."

"아씨, 진짜. 우리 모태 불자라고요. 진짜 도 같은 건 우리가 훨씬 더 많이 알거든요. 그러니까 가세요!"

"여기 우두리 씨 댁 아닌가요?"

"네?"

"여기 우두리 씨 댁이라고 해서 찾아왔는데."

"저희 오빠데요. 누구세요?"

"저 우두리 씨가 일했던 사무소 소장인데요."

"네?"

"저 국제봉사단 라오스 사무소 소장 오성수라고 하는데 우두리 씨랑 잠시 이야기 좀 나눌 수 있을까요?"

맙소사, 오 홀리워터가 우리 집에 찾아왔다. 오 홀리워터는 노란 색의 큼지막한 망고를 한 박스나 들고 있었다. 오빠는 오 홀리워터가 직접 집까지 찾아왔음에도 불구하고 방 밖으로 나오려 하지 않았다.

"우두리 군, 우두리 군이랑 이야기 나눌 게 있는데. 잠시 얼굴 좀 볼 수 있을까요?" 오 홀리워터는 포기하지 않고 몇 분간이나 집요하게 오빠의 이름을 불렀다.

오 홀리워터는 오빠의 방에서 한참을 머물렀다. 나는 두 사람이 무슨 말을 하는지 궁금해서 미칠 지경이었다. 이러면 안 되는데, 하면서도 오빠의 옆방으로 들어갔다. 나는 벽에 귀를 붙였다. 방에서 희미하게 두 사람이 나누는 대화가 들려왔다. 오빠가 청각장애인이라 두 사람 다 목소리가 컸다.

"그럼 도대체 누가 진짜 죽인 걸까요?"

"죽인 건 라오스 남자잖아."

"만약에 그 사람이 죽였다고 쳐요. 그 사람도 그냥 시킨 데로 한 것 아닌가요?"

"그렇지."

"그럼 도대체 누가 시킨 거죠?"

"이 경우에는 여러 사람이겠지."

"네? 여러 사람이 살인을 시켰다고요? 동시에요?"

"동시가 아닐 수도 있지."

"그게 도대체 무슨 말씀이세요?"

"모든 사람이 그 라오스 남자한테 시켰을 수도, 아무도 시키지 않았을 수도 있다고."

"그게 대체?"

"그러니까 A라는 사람이 B를 시켰고, B라는 사람이 다시 C에게 시켰고 C가 다시 D에게 뭐 이런 식으로 이어졌을 수도 있단 말이지. 아니면 직접적으론 아무도 안 시켰을 수도 있고."

"네?"

"그러니까 그냥 씨앗만 심어줬을 수도 있다는 말이에요. 그럴 수도 있다는 말이죠. 우리는 사건의 진상을 알 수가 없으니까."

"그렇다면 도대체 누가 처음으로 최영근 씨를 죽여야 한다고 생각했을까요?"

"누가 처음으로 이 모든 일을 시작했는지는 처음으로 시작한 그 사람도 모르고 있을걸."

"네? 그게 무슨 말이에요?"

"그러니까 처음에는 아주 조그마한 부추김이나 비난의 말도 여러 사람을 거치면 계속 커질 수가 있어요. 증오나 질투 같은 감정도 계속해서 커지다 보면 사람을 죽일 수도 있고 그런 거잖아."

"그게 대체!"

"아마 진짜 범인은 자기가 살인을 공모한 범인이라는 사실도 모르고 있을걸."

"네? 뭐라고요?"

"자기 자신 안에 있는 악마는 자기 자신에게는 보이지 않는다는 말도 있잖아."

오 홀리워터는 이 말과 함께 망고 박스를 남기고 떠났다. 나는 급히 밖으로 따라 나갔다. 우리 집 앞에 세워져 있던 하얀색 차의 조수

석으로 들어가는 오 홀리워터의 모습을 볼 수 있었다. 자세히 보니 눈에 익은 하얀색 모닝차였다. 달콤한 남국 과일의 향기는 오 홀리워터가 떠나고도 오랫동안 집안을 가득 채우고 있었다.

여섯 번째 살인

초판 1쇄 인쇄 2023년 11월 03일
초판 1쇄 발행 2023년 11월 13일
지은이 한성규
후원 울산광역시 ULSAN METROPOLITAN CITY   울산문화관광재단 ULSAN CULTURE & TOURISM FOUNDATION

펴낸이 김양수
편집디자인 안은숙
교정 김현비

펴낸곳 도서출판 맑은샘
출판등록 제2012-000035
주소 경기도 고양시 일산서구 중앙로 1456(주엽동) 서현프라자 604호
전화 031) 906-5006
팩스 031) 906-5079
홈페이지 www.booksam.kr
블로그 http://blog.naver.com/okbook1234
포스트 http://naver.me/GOjsbqes
이메일 okbook1234@naver.com

ISBN 979-11-5778-619-0 (03800)